# BAS LES PATTES !

# DU MÊME AUTEUR

A compter de 2003, les San-Antonio seront numérotés par ordre chronologique d'écriture de Frédéric Dard, qui est aussi l'ordre originel des parutions. Cette décision entraîne un changement de numérotation des S-A nº 1 à 107. Par contre, la numérotation des S-A nº 108 à 175 reste inchangée. (Voir à la fin de ce volume le tableau de correspondance entre l'ancienne numérotation et celle indiquée ci-dessous.)

1 *Réglez-lui son compte !*
2 *Laissez tomber la fille*
3 *Les souris ont la peau tendre*
4 *Mes hommages à la donzelle*
5 *Du plomb dans les tripes*
6 *Des dragées sans baptême*
7 *Des clientes pour la morgue*
8 *Descendez-le à la prochaine*
9 *Passez-moi la Joconde*
10 *Sérénade pour une souris défunte*
11 *Rue des Macchabées*
12 *Bas les pattes !*
13 *Deuil express*
14 *J'ai bien l'honneur de vous buter*
15 *C'est mort et ça ne sait pas !*
16 *Messieurs les hommes*
17 *Du mouron à se faire*
18 *Le fil à couper le beurre*
19 *Fais gaffe à tes os*
20 *A tue... et à toi*
21 *Ça tourne au vinaigre*
22 *Les doigts dans le nez*
23 *Au suivant de ces messieurs*
24 *Des gueules d'enterrement*
25 *Les anges se font plumer*
26 *La tombola des voyous*
27 *J'ai peur des mouches*
28 *Le secret de polichinelle*
29 *Du poulet au menu*
30 *Tu vas trinquer, San-Antonio*
31 *En long, en large et en travers*
32 *La vérité en salade*
33 *Prenez-en de la graine*
34 *On t'enverra du monde*
35 *San-Antonio met le paquet*
36 *Entre la vie et la morgue*
37 *Tout le plaisir est pour moi*
38 *Du sirop pour les guêpes*
39 *Du brut pour les brutes*
40 *J'suis comme ça*
41 *San-Antonio renvoie la balle*
42 *Berceuse pour Bérurier*
43 *Ne mangez pas la consigne*
44 *La fin des haricots*
45 *Y a bon, San-Antonio*
46 *De « A » jusqu'à « Z »*
47 *San-Antonio chez les Mac*
48 *Fleur de nave vinaigrette*
49 *Ménage tes méninges*
50 *Le loup habillé en grand-mère*
51 *San-Antonio chez les « gones »*
52 *San-Antonio polka*
53 *En peignant la girafe*
54 *Le coup du père François*
55 *Le gala des emplumés*
56 *Votez Bérurier*
57 *Bérurier au sérail*
58 *La rate au court-bouillon*
59 *Vas-y Béru !*
60 *Tango chinetoque*
61 *Salut, mon pope !*
62 *Mange et tais-toi*
63 *Faut être logique*
64 *Y a de l'action !*
65 *Béru contre San-Antonio*
66 *L'archipel des Malotrus*
67 *Zéro pour la question*
68 *Bravo, docteur Béru*
69 *Viva Bertaga*
70 *Un éléphant, ça trompe*
71 *Faut-il vous l'envelopper ?*
72 *En avant la moujik*
73 *Ma langue au chah*
74 *Ça mange pas de pain*

75 *N'en jetez plus !*
76 *Moi, vous me connaissez ?*
77 *Emballage cadeau*
78 *Appelez-moi chérie*
79 *T'es beau, tu sais !*
80 *Ça ne s'invente pas*
81 *J'ai essayé : on peut !*
82 *Un os dans la noce*
83 *Les prédictions de Nostrabérus*
84 *Mets ton doigt où j'ai mon doigt*
85 *Si, signore*
86 *Maman, les petits bateaux*
87 *La vie privée de Walter Klozett*
88 *Dis bonjour à la dame*
89 *Certaines l'aiment chauve*
90 *Concerto pour porte-jarretelles*
91 *Sucette boulevard*
92 *Remets ton slip, gondolier*
93 *Chérie, passe-moi tes microbes !*
94 *Une banane dans l'oreille*
95 *Hue, dada !*
96 *Vol au-dessus d'un lit de cocu*
97 *Si ma tante en avait*
98 *Fais-moi des choses*
99 *Viens avec ton cierge*
100 *Mon culte sur la commode*
101 *Tire-m'en deux, c'est pour offrir*
102 *A prendre ou à lécher*
103 *Baise-ball à La Baule*
104 *Meurs pas, on a du monde*
105 *Tarte à la crème story*
106 *On liquide et on s'en va*
107 *Champagne pour tout le monde !*
108 *La pute enchantée*
109 *Bouge ton pied que je voie la mer*
110 *L'année de la moule*
111 *Du bois dont on fait les pipes*
112 *Va donc m'attendre chez Plumeau*
113 *Morpions circus*
114 *Remouille-moi la compresse*
115 *Si maman me voyait !*
116 *Des gonzesses comme s'il en pleuvait*
117 *Les deux oreilles et la queue*
118 *Pleins feux sur le tutu*
119 *Laissez pousser les asperges*
120 *Poison d'avril ou la vie sexuelle de Lili Pute*
121 *Bacchanale chez la mère Tatzi*
122 *Dégustez, gourmandes !*
123 *Plein les moustaches*
124 *Après vous s'il en reste, monsieur le Président*
125 *Chauds, les lapins !*
126 *Alice au pays des merguez*
127 *Fais pas dans le porno*
128 *La fête des paires*
129 *Le casse de l'oncle Tom*
130 *Bons baisers où tu sais*
131 *Le trouillomètre à zéro*
132 *Circulez ! y a rien à voir*
133 *Galantine de volaille pour dames frivoles*
134 *Les morues se dessalent*
135 *Ça baigne dans le béton*
136 *Baisse la pression, tu me les gonfles !*
137 *Renifle, c'est de la vraie*
138 *Le cri du morpion*
139 *Papa, achète-moi une pute*
140 *Ma cavale au Canada*
141 *Valsez, pouffiasses*
142 *Tarte aux poils sur commande*
143 *Cocottes-minute*
144 *Princesse patte-en-l'air*
145 *Au bal des rombières*
146 *Buffalo Bide*
147 *Bosphore et fais reluire*
148 *Les cochons sont lâchés*
149 *Le hareng perd ses plumes*
150 *Têtes et sacs de nœuds*
151 *Le silence des homards*
152 *Y en avait dans les pâtes*
153 *Al capote*
154 *Faites chauffer la colle*
155 *La matrone des sleepinges*
156 *Foiridon à Morbac City*
157 *Allez donc faire ça plus loin*
158 *Aux frais de la princesse*
159 *Sauce tomate sur canapé*

160 *Mesdames, vous aimez ça*
161 *Maman, la dame fait rien qu'à me faire des choses*
162 *Les huîtres me font bâiller*
163 *Turlute gratos les jours fériés*
164 *Les eunuques ne sont jamais chauves*
165 *Le pétomane ne répond plus*
166 *T'assieds pas sur le compte-gouttes*
167 *De l'antigel dans le calbute*
168 *La queue en trompette*
169 *Grimpe-la en danseuse*
170 *Ne soldez pas grand-mère, elle brosse encore*
171 *Du sable dans la vaseline*
172 *Ceci est bien une pipe*
173 *Trempe ton pain dans la soupe*
174 *Lâche-le, il tiendra tout seul*
175 *Céréales killer*

Hors série :

*Histoire de France.*
*Le standinge.*
*Béru et ces dames.*
*Les vacances de Bérurier.*
*Béru-Béru.*
*La sexualité.*
*Les Con.*
*Les mots en épingle de Françoise Dard.*
*Queue-d'âne.*
*Les confessions de l'Ange noir.*
*Y a-t-il un Français dans la salle ?*
*Les clés du pouvoir sont dans la boîte à gants.*
*Les aventures galantes de Bérurier.*
*Faut-il tuer les petits garçons qui ont les mains sur les hanches ?*
*La vieille qui marchait dans la mer.*
*San-Antoniaiseries.*
*Le mari de Léon.*
*Les soupers du prince.*
*Dictionnaire San-Antonio.*
*Ces dames du Palais Rizzi.*
*La nurse anglaise.*
*Le dragon de Cracovie.*
*Napoléon Pommier.*

Œuvres complètes :

*Vingt-neuf tomes parus.*

Morceaux choisis :

1. *Réflexions énamourées sur les femmes*
2. *Réflexions pointées sur le sexe*
3. *Réflexions poivrées sur la jactance*
4. *Réflexions appuyées sur la connerie*
5. *Réflexions sur les gens de chez nous et d'ailleurs*
6. *Réflexions passionnées sur l'amour*
7. *Réflexions branlantes sur la philosophie*
8. *Réflexions croustillantes sur nos semblables*
9. *Réflexions définitives sur l'au-delà*
10. *Réflexions jubilatoires sur l'existence*

*Mes délirades*

SAN-ANTONIO

# BAS LES PATTES !

Fleuve Noir

ISBN 978-2-265-08642-5
ISSN 0768-1658

*A Jean-Albert*
*et Stéphane CARLOTTI,*
*en toute amitié.*

*S.-A.*

AVERTISSEMENT

Pas d'erreur, les mecs !
Le baratin qui suit ne concerne
pas des petits futés existant
ou ayant existé.
Ceux qui voudraient
jouer les gros bras tomberaient
sur un os.

S.-A.

# PREMIÈRE PARTIE

# LES MECS DE CHICAGO PARLENT FRANÇAIS

# CHAPITRE PREMIER

## APRÈS VOUS, S'IL EN RESTE

Le lac Michigan, c'est comme la mer, en aussi bleu, en aussi tourmenté lorsque le vent souffle, et il soufflait vachement ce jour-là. Chicago, patrie des gangsters, s'étale en éventail au bord de la flotte. C'est une ville bien géométrique, avec des rues qui se coupent toujours à angle droit. Vu du ciel, on dirait un gigantesque quadrillage.

J'en avais le torticolis, à force de matouzer du haut de l'avion. J'en prenais plein mes châsses ; forcément, c'était la première fois que j'annonçais ma viande dans cette contrée. Ça m'aurait fait pleurer les fesses de caner avant d'avoir reniflé l'odeur particulière qui flotte sur ce patelin.

Voyant l'intérêt que je portais à la contrée, un gros lard d'Amerlock, ayant dans le bec un cigare gros comme l'obélisque de la Concorde, s'est mis à me raconter la banlieue que nous survolions.

— Forest River ! énonçait-il en mâchouillant son obélisque, Forest Park ! Riverside…

Puis il l'a bouclée, en même temps que sa ceinture, et l'avion s'est mis à descendre doucement, doucement, comme le bouchon rouge d'un pêcheur lorsqu'une tanche s'en ressent pour le ver de vase !

*
* *

Ensuite, le car du Municipal Airport…

Il fonçait dans une voie rectiligne appelée Archer Avenue. Les autres voyageurs faisaient comme mégnace : ils la fermaient. On la ferme toujours un bout de temps, lorsqu'on vient de se cogner plusieurs plombes d'avion.

Je regardais par les vitres du car confortable avec la même avidité que je regardais par les hublots de l'avion. Et le gros zig au cigare, qui devait être un roi de la roubignole en branche, continuait par instant d'éructer une explication ; cette fois, ça n'étaient pas des noms de banlieues, mais des noms de rues que pondait sa grosse bouille lippue.

— Wester Avenue… Hasted…

Des noms enchanteurs, quoi, pour un mec qui venait de traverser la mare aux harengs !

Je suis descendu à l'angle de Michigan Boulevard et de Grand Avenue, parce que c'était la station qu'on m'avait donnée.

L'adresse où je devais me rendre était 228 ter, Grand Avenue... Cette voie large piquait droit sur le lac qu'on apercevait tout au bout comme un rectangle de ciel. Elle était bordée de gratte-ciel impressionnants, exactement comme on voit dans les films. Et la circulation était maison, moi, je vous l'annonce ! Les grands boulevards de Paname, à quatre heures de l'après-midi, ressemblent au désert de Gobi en comparaison.

Pour tout vous dire, bien que je sois du genre mec-au-culot, je me sentais aussi déprimé qu'un cachet d'aspirine dans un verre d'eau chaude. La veille – ou l'avant-veille – je ne savais plus, avec ce changement de longitude, j'avais quitté le Bourget, peinard, dans le zinc d'Air France, et voilà que je débarquais dans ce grondement épouvantable de Chicago. Un peu comme si je rêvais. Vous pigez le topo ?

Enfin, j'ai dégauchi mon 228 ter... C'était une masure de cinquante étages au moins qui commençait par un bref perron de deux marches et ne s'arrêtait que chez saint Pierre.

J'ai pénétré dans un hall immense comme la salle des Pas Perdus de Saint-Lago. Y avait des flopées de grooms qui se baguenaudaient à proximité.

— *Hello!* ai-je dit à l'un d'eux, parce que je sais, pour avoir vu des films en version originale, que toutes les salades commencent par ce mot laconique.

C'était un petit rouquin qui avait reçu un coup de soleil à travers une passoire.

Il m'a regardé comme si je lui proposais de déboutonner sa braguette.

— *The Federal Service of*…

Et je suis tombé en panne. Déjà, je prononçais comme une crêpe.

Je m'étais pourtant exercé à la prononcer, cette vacherie de phrase ! Le vieux, qui jacte l'anglais comme votre cousin germain jacte l'auvergnat, me l'avait susurrée avec l'accent et tout, mais le regard sardonique du petit gland en uniforme me la coupait, parole !

Pourtant, il a pigé.

— *French ?* a-t-il murmuré.

— *Yes*, mon neveu…

Je devais avoir l'air vachement bouseux, genre Bourvil à Paris ! Les Français ont tous cet air-là, lorsqu'ils débarquent à l'étranger.

Il m'a fait un signe et je l'ai suivi dans un ascenseur qui aurait pu servir de salle de réunion à un meeting politique.

Plouff !

La cage d'acier a littéralement jailli vers les étages. Je me suis dit qu'à cette allure-là, on serait dans la lune avant la nuit. Nature, j'ai cru qu'il y avait maldonne et que le groom m'avait fait entrer dans la dernière fusée interplanétaire.

Il a rouvert la grille. J'ai biglé le numéro de l'étage : on était au trente-quatrième !

Il m'a désigné un couloir large et neuf dans lequel un flic en uniforme faisait des effets de claquettes en agitant son bâton. Si vous croyez qu'il s'est foutu au garde-à-vous en m'apercevant, vous vous collez le doigt dans l'orbite jusqu'au fignedé ! Au contraire, il m'a examiné d'un air à la fois rigolard et provocant qui m'a fait mal.

— *Hello !*

Il a grogné quelque chose de vague qui ressemblait plus à du lion qu'à de l'amerlock.

— *Mr. Grane, please ?*

Alors, là, il m'a étalé une phrase en accordéon qui n'en finissait plus et je lui ai fait signe de la boucler parce que, primo, je n'entravais rien à ses salades et, deuxio, il commençait à me casser les précieuses.

Ma hargne revenait, je récupérais.

— *I am French!* j'ai murmuré. *I veux speaker with Mr. Grane and you allez you manier the rondelle*. Compris ?

Ça l'a siphonné. Il m'a conduit à une porte vitrée sur laquelle était écrit en noir un mot que je n'ai pas pu lire. Il l'a ouverte sans frapper et m'a remis à une souris blonde comme un demi de bière. Cette fille, j'ai cru l'avoir vue dans un magazine. Grande, mince, des jambes longues et faites au moule, des yeux bleus pailletés d'or, un nez menu, une bouche de vamp, des cheveux courts avec une frange soignée.

Je l'ai renouchée de haut en bas, puis de bas en haut, en m'attardant les deux fois sur son popotin qu'elle avait en forme de pomme et qui sollicitait la main de l'homme.

— *I am french policier, I* veux voir Mr. Grane.

Alors, toute sa gravité a foutu le camp.

— Vous êtes très pittoresque ! a-t-elle déclaré.

— Dieu soit loué ! Vous parlez français !

— Un petit peu…

Vous avez probablement entendu Petula Clark… C'est pareil.

— Un instant. Vous êtes monsieur San-Antonio ?

— Pour vous servir, miss… Et vraiment, j'aimerais vous servir à quelque chose.

Un sourire… Ça se passait bien.

— J'ai vécu deux ans en France, dit-elle. Je faisais les Beaux-Arts, à Paris.

— Sans blague !

J'en aurais pleuré.

— Vous connaissez Paname ?

— La rue de Buci… J'avais un petit hôtel pour étudiants très charmant, très pittoresque.

Elle m'a décoché un nouveau sourire avant de

frapper à la porte de droite. Elle a disparu un instant. Puis, sa mince silhouette s'est encadrée à nouveau dans le chambranle.

— Voulez-vous venir ?

Dans la pièce voisine se trouvait un grand bureau métallique et un immense fichier. Entre les deux était assis un homme assez bizarre, qui ressemblait à un plombier zingueur. Il était petit, lent, gris, avec un visage de clown démaquillé et des yeux épais comme de la confiture.

Lorsque je suis entré, il s'est levé à demi, a esquissé une courbette comme les pompistes de chez Shell après qu'ils ont fini de donner un coup de peau de chamois à votre pare-brise, et il a dit en me désignant une chaise :

— Très heureux de vous connaître, monsieur San-Antonio. Soyez le bienvenu. C'est la première fois que vous venez à Chicago ?

Il a débité tout cela sans respirer en tirant d'un de ses tiroirs un flacon carré sur lequel je me suis mis à loucher.

C'était le meilleur whisky que j'aie jamais bu.

Pendant qu'on s'en cognait un verre, la secrétaire blonde s'est fait la valise.

— Vous savez pourquoi vous êtes ici? m'a demandé Grane.

— Vaguement… Il paraît qu'il y a de la casse dans le secteur et que l'affaire revêt un petit côté français qui vous a fait réclamer le concours officieux de notre police ?

— Tout à fait officieux.

Il n'avait presque pas d'accent ; il aurait pu se faire passer pour Suisse à la Terrasse du *Flore* !

— Peut-être pourriez-vous me mettre au courant dans le détail ?

— J'allais vous le proposer.

Il me verse un nouveau glass de raide.

— Savez-vous ce que c'est qu'une taxi-girl ?

— Chez nous, on appelle ça une entraîneuse. Non ?

— Non, ça n'est pas exactement une entraîneuse. Une taxi-girl est une fille qui appartient à un établissement de danse. Le type qui est seul va danser dans ces boîtes, il prend des jetons à la caisse et il choisit la taxi-girl de son rêve. Il lui remet un ticket pour une danse.

— Marrant, ai-je dit. On n'a pas l'air très sentimental dans votre bled.

Ces considérations n'ont pas eu l'heur de lui plaire. Il a remisé sa bouteille d'un geste nerveux.

— En général, poursuivit-il, ces filles ne sont pas des coucheuses. Oh ! évidemment, on lie davantage connaissance en dansant qu'en faisant la plonge dans un drugstore, mais, en principe, elles sont ce que vous appelez honnêtes. Ce sont des espèces de fonctionnaires de la danse. Vous saisissez ?

— Parfaitement.

— Or, depuis un mois, une épidémie de meurtres sévit dans leurs rangs. Il ne se passe pas de semaine sans qu'on trouve le cadavre d'une ou deux de ces filles, soit dans la rue, soit dans leur chambre.

— Voyez-vous !

— Elles sont assassinées par des moyens différents, mais toutes ont dans la main le même morceau de papier portant, calligraphiés, ces deux mots : *Le Français.*

Il a ouvert un second tiroir et en a sorti une enveloppe de carton glacé.

— Voici…

J'ai examiné son contenu : sept feuillets de bloc-sténo sur lesquels la même main a écrit les deux mots fatidiques : *Le Français.*

Ces deux mots avaient été rédigés au moyen d'un stylo à encre. Et l'encre en était noire.

Grane a respecté mon examen, puis il a murmuré :

— D'après nos experts en graphologie, il est probable que ces mots ont été écrits par un Français. Cette écriture penchée, aux pleins et aux déliés accusés, est française.

« Depuis un mois, la police urbaine est sur les

dents, mais l'enquête piétine. Pas le moindre indice. On trouve un cadavre ou deux de plus chaque semaine, et c'est tout. Le criminel paraît sortir de l'ombre et s'y replonger dès que son acte est accompli.

« Jusqu'ici, sept filles sont mortes. Leur assassinat s'est toujours déroulé discrètement, sans témoin, sans bruit !

« Nous avons effectué des rafles, exercé des surveillances étroites dans tous les établissements de danse de la ville. Nous avons jeté un coup d'œil sur l'activité de tous les Français habitant la région, bref, remué ciel et terre, sans le plus petit résultat.

« *Le Français* continue de tuer… La presse est très excitée, l'opinion publique aussi, par contrecoup direct. Alors, l'idée m'est venue de faire appel à un as de la police française. »

J'ai esquissé une courbette.

L'as de la police française ne se sentait pas trop reluisant, je vous jure ! Cette histoire du Français qui démolissait les greluses, vue d'ici, me paraissait gênante pour le prestige national.

— Vous comprenez, a poursuivi Grane, il ne faut rien négliger. Vous, étant de même nationalité que le tueur, vous pouvez lutter avec lui sur un terrain qui nous échappe, à nous autres : le terrain psychologique.

— Je vois…

— Je vais vous remettre le dossier des sept meurtres. Vous avez carte blanche. Au cas où vous vous heurteriez à une difficulté quelconque, téléphonez ou faites téléphoner à Nord 54-54. Vous vous souviendrez ? 54, deux fois…

— Je me souviendrai.

— Pour tout renseignement concernant la ville, miss Cecilia, secrétaire, qui parle le français, vous viendra en aide.

— O.K. !

J'ai balancé un O.K. sonore qui m'a ravi. Ça venait, je m'installais dans l'américanomuche !

— Il est à votre disposition, a conclu Grane en me tendant un dossier vert, tout pareil à un dossier français. Je vous ai fait traduire les pièces du dossier, les voici… Si vous avez du nouveau, prévenez-moi. En cas de coup dur, toujours Nord 54, deux fois. Vous pigez ?

Il a risqué son « vous pigez » avec circonspection.

— Je pige…

Alors on a éclaté de rire, lui et moi, et je suis sorti de sa casbah d'un pas plus léger.

*
* *

La belle blonde était toujours là, plus couverture de *Life* que jamais. Elle avait eu le temps de recharger son fond de teint et elle m'attendait avec sur les lèvres son sourire des grands jours.

— Vous êtes miss Cecilia? ai-je questionné en m'approchant de son fauteuil tournant.

— Juste…

— C'est un nom qui ne me dépayse pas trop. Je parie que vous connaissez un petit restaurant français où on mange du poulet à la crème, et je parie aussi que vous allez accepter mon invitation à dîner. Dans tous les romans traduits de l'américain que j'ai lus, le flic maison invitait les jolies secrétaires avant de leur dire bonjour. C'est comme ça qu'on agit dans votre patelin ?

— Plus ou moins, admit-elle.

— J'ai pas trop l'air godiche ?

— L'air quoi ?

— Gourde, emprunté, si vous préférez…

Elle ne pigeait pas.

— Va falloir que je complète votre français. Les cours du soir sont gratis chez moi. Vous avez un hôtel à me recommander ?

— Il y a le *Connor,* tout près.

— O.K. ! j'y débarque. Vous passez me prendre dans une paire d'heures ?

— Entendu…

Je lui ai dédicacé mon regard le plus doux, format carte postale pour soldat amoureux.

Puis je les ai mis.

Jamais je n'avais commencé une enquête dans des conditions pareilles !

Les Ricains qui appelaient à la rescousse un spécialiste du latin parce qu'ils y perdaient le leur !

Drôle d'affaire !…

Je venais m'atteler dans les brancards après eux…

Le flic de l'entrée continuait ses effets de claquettes. Il me bouchait l'accès de l'ascenseur.

— Après vous, s'il en reste, ai-je murmuré en le bousculant d'un coup d'épaule.

Mais ça n'était pas à lui que je m'adressais. C'était à Grane et à son équipe.

Oui, c'est comme ça que tout a démarré !

# CHAPITRE II

## IL N'Y A PAS QUE LES SHÉRIFS QUI AIENT UNE ÉTOILE

Le portier du *Connor* bigle ma valoche de fibrane comme si c'était l'étal d'un marchand de lacets. Lui aussi me renouche illico et se met à me parler dans un français qu'il a dû apprendre dans un lexique javanais.

Il est sentencieux, sévère.

— Une chambre ! dis-je.

Il me conduit à la réception et je m'explique. Deux minutes plus tard, je prends possession d'une crèche qui est un véritable bijou : cosy, bar à liqueurs, salle de bains, etc.

Je déballe mes fringues, puis je me dessape et je prends une douche glacée. Ensuite, j'inventorie la cave à liqueurs, mais tous les flacons sont factices. Comme je n'aime pas ces plaisanteries, je sonne le garçon d'étage et, lui collant dans les pognes une bouteille de whisky bidon, je lui dis de m'amener dare-dare le modèle vivant !

Il s'exécute.

Je n'arrive pas à retrouver mon équilibre ; pourtant, j'aurais pu venir dans ce pays à l'époque de la prohibition, ç'aurait été moins marrant !

Vautré sur le plume, en peignoir de bain, un verre de rye à portée de la patte, je me mets à compulser le dossier des taxi-girls bousillées.

Comme vient de me le dire Grane, elles ont toutes les sept été tuées de la façon la plus discrète qui soit. Comme disait un pote à moi : « Si c'était pas de leur cadavre, on s'en serait même pas aperçu. »

Deux sont mortes dans la rue, d'un coup de couteau ajusté en plein cœur, trois ont fini leurs jours dans leur piaule avec une praline dans la calbombe, une est clamsée dans un taxiphone, étranglée, et une a été trouvée la gueule dans sa baignoire. Toutes les sept avaient dans une main le fameux morceau de papier.

J'examine les photos ; elles sont très variées. Les adresses n'offrent aucune similitude non plus.

Perplexe, je me gratte l'occiput. Il en a de bonnes, le boss, de me déléguer dans ce bouzin alors que je ne parle ni n'entrave le ricain. Je vais avoir bonne mine, moi ! Pas moyen de poser des questions. Et un guide à la paluche pour me diriger ! Ah ! il est mimi, l'enquêteur.

Sur ces réflexions pessimistes, le bignou grésille. Je décroche. Un zig me susurre que miss Cecilia est laga.

— Faites monter ! *Come in !* je meugle.

Je n'ai que le temps de passer mon bénard, la souris est devant moi, gentiment coiffée d'une toque en peau de léopard et portant une veste de lainage vert agrémentée d'un col en léopard aussi. Resplendissante ! Vous la verriez dans une vitrine, vous entreriez pour demander le prix ! Et vous seriez capable de payer avec un chèque sans provision afin de pouvoir l'emporter tout de suite !

— *Hello !* lance-t-elle joyeusement.

J'ai le torse nu, mais ça n'a pas l'air de la choquer le moins du monde !

Je réponds :

— *Hello !*

Ici, c'est une bonne habitude à prendre.

Elle lance un regard en biais au dossier étalé sur le cosy.

— Déjà dans l'affaire ?…

— Jusqu'à la ceinture ! fais-je. A franchement parler, ça m'a l'air duraille.

— Vous n'avez pas confiance en vous ? demande-t-elle.

Je ris de cette innocente provocation.

— Mettez-vous à ma place, si vous vous en ressentez, miss. Je ne connais pas votre langue, encore moins votre ville et pas du tout vos mœurs. A part ça, on me demande de trouver un criminel que vos flics à vous – réputés comme étant fortiches, cependant – n'ont pu dégauchir. Ça ressemble plus à un numéro de cirque qu'à une enquête. Vous ne trouvez pas ?

Elle devient grave.

— Oui, fait-elle, a priori, ça paraît très *difficult.*

— ... cile ! Difficile !

— *Oh ! thanks !*

Elle sort une cigarette de sa poche. Je m'empresse pour lui donner du feu et elle me souffle une bouffée bleutée au nez.

— Pourtant, Grane a raison : vous, vous connaissez les réactions d'un criminel français.

Je hausse les épaules.

— Sur cette planète, mon petit, il y a les criminels et les honnêtes gens... plus les flics qui font la liaison. Je ne crois pas aux criminels français ou américains.

— Cependant, au point de vue psychologique...

— Oui... Eh bien ! nous verrons.

Je passe une chemise, je noue une cravate.

— On y va, dis-je en cueillant ma veste sur un dossier de chaise.

*
* *

Nous commençons par casser une bonne graine dans un restaurant français. Il faut doser le dépaysement, vous pigez ?

Cecilia est une fille extrêmement lucide et cultivée. Elle voit loin et juste. On devient une paire de potes !

Bien entendu, il n'est question que de l'affaire.

— Vous avez parlé de psychologie, fais-je, commençons par le commencement : pourquoi le meurtrier tue-t-il ? Ça n'est pas un sadique. D'après les rapports, il n'a violé aucune de ses victimes. Celles qu'on a trouvées mortes à leur domicile n'avaient pas fait l'amour. Donc, pas de folie érotique. Il a tué par des méthodes différentes, ce qui ne correspond pas à la conduite d'un obsédé du meurtre.

« Le seul trait plaidant en faveur de la folie, c'est ce billet.

« Prenons l'autre face du problème : il n'a rien volé, jamais... »

Cecilia m'interrompt :

— Vous avez oublié un autre détail : il s'attaque toujours aux mêmes filles... des taxi-girls !

— Oui... Ce qu'il y a de curieux, c'est qu'on ne soit pas parvenu à le repérer. Par recoupements, on aurait dû y parvenir, en interrogeant les compagnes des victimes. Ces dernières ont fatalement dansé avec leur assassin dans la soirée précédant leur mort. Il suffit que deux des mortes aient dansé avec le même homme pour que naisse un signalement.

— Je sais, dit Cecilia, c'est ce qu'il y a de plus étrange dans notre cas. On a interrogé toutes les taxi-girls de Chicago, cela n'a rien donné. Le jour de leur mort, leurs malheureuses camarades n'ont rien fait de singulier, elles n'ont pas eu de clients louches ou français.

— Merci pour l'association.

Elle pose sa main allongée sur mon bras.

— Vous comprenez ce que je veux dire…

Je lui chope les doigts.

— Ben ! voyons…

Il y a une minute de silence, comme lors d'une manifestation militaire.

— Vous n'êtes pas pressée, Cecilia ?

— Non… Je suis à votre disposition.

— Hum, le terme est trop vague. Il fait galoper mon imagination.

Elle sourit.

— Vous êtes toute la France, murmure-t-elle.

Toujours cet amour du sous-entendu.

— Allons danser dans une des boîtes où…

Je m'arrête, saisi d'une idée.

— Nom d'un petit bonhomme en chocolat !

— Qu'avez-vous ?

— Si je me reporte au compte rendu que m'a donné Grane, les filles assassinées appartenaient toutes à des maisons différentes ?

— Oui. Et alors ?

— Comment, et alors ? Vous n'entravez pas ? Sur les sept, il n'y en avait pas deux qui travaillaient dans la même boîte ! Ça signifie que *Le Français* change de crèche chaque fois. Si, jusqu'à présent, il n'est jamais retourné une seule fois sur le terrain de ses exploits, ça veut dire qu'il va continuer à… à « prospecter » les autres boîtes. Voyons, il y a beaucoup de maisons de danse, dans cette ville ?

— Une bonne cinquantaine.

Le chiffre me fait faire la grimace.

— Sept ôté de cinquante, reste quarante-trois, fais-je. Hum ! il a du pain sur la planche, le camarade.

Nous restons un moment sans piper mot, enveloppés par la fumée bleue de nos sèches.

— Vous commenciez à faire une proposition ? dit-elle.

— Oui, j'aimerais que nous allions danser dans une boîte. Une boîte vierge de victime, de préférence. J'imagine mal ces sortes d'endroits.

— Facile, murmure-t-elle.

Elle demande la note à la barmaid.

— Sans blague ! fais-je. Les femmes casquent, dans votre pays ?

— Tout se passe en camarades !

Je lui rafle l'addition.

— Faisons ça à la française, ma petite amie… C'est l'homme qui douille, mais les relations sont tendres.

Elle rosit, ce qui lui va bien.

Nous sortons.

Il fait nuit, mais, à Chicago, l'obscurité est inconnue.

Si vous voyiez, ça, les mecs ! Un flamboiement !

Cent mille enseignes gigantesques et multicolores embrasent le ciel. Une vraie féerie. Un volcan de lumière éblouissante ! Un volcan en éruption.

Nous grimpons dans un taxi et Cecilia jette l'adresse au chauffeur.

Dix minutes plus tard, nous franchissons le seuil d'une boîte où se dépense un orchestre noir. Une foule épaisse se trémousse en cadence au rythme d'une batterie du tonnerre.

La salle est immense. Au fond, se tient un bar où des barmen en veste rouge débitent du coca comme s'il en pleuvait. A l'autre extrémité, la scène de l'orchestre. Des lumières aux éclairages variables, des bancs le long des murs. Et cette populace morne qui se secoue les tripes sans paraître y prendre le moindre plaisir.

— Vous dansez ? demande Cecilia.

— Oui, mais mal.

— Voulez-vous que nous essayions ?

— Vous allez me prendre pour un gros sac.

— Mais non ! J'adore qu'on me marche sur les pieds.

— Alors, avec ma pomme, vous serez servie.

Justement, l'orchestre y va d'un slow. Le slow, c'est comme qui dirait la question de repêchage des médiocres de la danse dont je fais partie.

— Vous ne vous défendez pas trop mal, assure Cecilia sans se marrer.

— Merci.

Tout en la serrant contre moi, j'examine les alentours. Il y a des filles assises sur les banquettes, d'autres qui dansent, d'autres qui lichetrognent au bar.

On sent les professionnelles. Ce sont des souris toutes pareilles qui, un beau soir… ou, plutôt, un vilain pour elles…

Et peut-être la prochaine victime du… *Français* est-elle là, ne se doutant de rien.

A quoi pensent-elles, ces greluses ?

A rien, sans doute.

— Le dernier meurtre remonte à quand ? je demande.

Cecilia fronce le sourcil.

— Attendez. A samedi dernier. Cela fait…

Je compte plus vite qu'elle.

— Cela fait cinq jours. Dites, il ne va pas tarder à réitérer, le gnace, ou alors il va perdre sa cadence. Non ?…

— En effet.

— On tient un recensement des taxi-girls, ici ?

— Pensez-vous ! Toutes ne sont pas déclarées. Il doit y en avoir plus d'un millier.

— Charmant !…

Je répète :

— Sept ôté de mille…

— Oui, il en reste pas mal à tuer.

Je me frotte un instant encore contre le ventre admirablement plat de Cecilia. Si ça continue, elle va me filer des idées, cette môme ! Or, je ne suis pas ici pour jouer à la bête à deux dos.

— Je vais vous raccompagner à votre domicile, fais-je. M'est avis qu'il vaut mieux que je sois seul cette nuit. J'ai mon petit plan.

— Déjà ?

— Oui…

— Dommage que vous n'ayez pas un rôle pour moi dans le scénario…

Mais elle est de bonne composition.

— Je suppose que vous aimeriez la liste des boîtes comme celle-ci ? Je vous l'ai préparée.

Elle la sort de son sac.

— Vous pensez à tout !

— Inutile de me raccompagner, vous avez du travail. Et puis, vous verrez qu'ici on ne pratique pas tellement la galanterie.

— O.K. ! je joue les mufles, je vous laisse filer. Vous avez un bout de téléphone afin que je puisse vous raconter mes rêves, s'ils vous concernent ?

Elle griffonne son adresse et son numéro de bignou au bas de la liste.

— Parfait ! Merci.

Je la regarde sortir de l'établissement. Elle a des hanches aux pommes, cette souris ! Faudra tout de même que je m'en occupe un de ces quatre.

Je me dirige vers la caisse que j'ai repérée et je demande des tickets. Deux dollars les six, faut pas s'en priver.

Avec ça, on a droit à tenir une pépée dans ses mancherons pendant six danses. Les sensations sont tarifées. Je fais le tour de la terrasse et je me décide pour une belle brune du genre Dorothy Lamour. Elle a des yeux de chat siamois dont l'ovale est scientifiquement accentué au crayon.

Je lui tends un ticketon. Elle le file dans sa poche de tailleur et se lève.

— *I prefer a drink !* fais-je.

Elle aussi. Elle me sourit avec un petit air satisfait et se dirige vers le bar.

Je la suis. Nous nous hissons sur deux tabourets jumeaux.

— *Zombie !* lance-t-elle.

— *Two !* ajouté-je.

Pas mécontent, le bonhomme, de pouvoir manier ce qui reste ici de la noble langue de Shakespeare.

Le barman colle deux pailles le long de deux verres givrés et les lance dans notre direction à travers le comptoir.

Vous parlez d'une adresse ! Les glass stoppent pile devant nous ! La môme s'enfonce le brin de paille dans le bec et se met à suçoter comme le ferait une gamine.

Je la regarde de biais. Elle est chouettement fabriquée, avec un gentil rembourrage naturel, mes agneaux.

Elle vide d'une seule lampée la moitié de son verre. Puis elle se tourne vers moi.

Elle me pose une question que je ne comprends pas.

— *I am no American,* fais-je piteusement.

Ma nationalité n'étant pas une recommandation, je lui dis que je suis suisse.

Elle a un petit geste approbateur. Elle rit et murmure :

— Jé souis va in Suisse une fois.

Son parler petit nègre m'amuse.

On se met à bavarder autant que nous le permettent nos vocabulaires restreints.

Mais la danse finit et elle se lève.

— Hé ! une seconde ! fais-je en lui tendant un second ticket.

Elle se dit qu'elle a trouvé le bon pigeon. Elle préfère bavarder en sirotant un verre plutôt que de remuer le prose contre des gars qu'elle ne connaît pas.

Au bout de six tickets, on est presque copains. Je l'ai fait marrer, ce qui est la première chose à faire lorsqu'on veut conquérir une femme, quelle que soit sa nationalité.

— On se voit, tout à l'heure ?

Bien sûr, elle ne pige pas illico. Je me souviens alors que j'ai un petit dictionnaire franco-anglais dans ma poche. Grâce à lui, je lui pose un rambour.

Elle l'accepte de bonne grâce. Elle finit son tapin à deux plombes du mat', c'est-à-dire dans trois heures.

Moi, ça me laisse du temps.

— A deux heures, je serai devant la boîte, promets-je.

Et je sors.

J'ai le bocal gros comme une citrouille. Cette atmosphère irrespirable me chavire.

Un petit vent aigre balaye la strasse. Je respire profondément, histoire de purger mes poumons. Tout de même, ça ne vaut pas l'air de Paname !

Un taxi rôdaille par là. Je lui fais signe. Je sors ma liste et je lui donne l'adresse qui figure en haut.

Le mec se met à rouscailler comme une vache. Je comprends pourquoi immédiatement ; l'adresse que je lui donne est à deux cents mètres à peine. Pour lui obstruer le bec, je lui allonge un dollar et j'entre dans la nouvelle turne.

Celle-ci s'appelle : *Cyro's*.

C'est du kif. Même ambiance, mêmes gens.

Je prends un seul ticket et j'inspecte le local. Entre nous et la place des Ternes, je ne vois guère ce qu'il peut y avoir à repérer ici. Des gens qui dansent, mornes et vides comme des sifflets ! Vrai, c'est d'un lugubre !...

Je vais au bar et je demande au barman s'il a du champagne. Il me répond oui. Et il s'annonce avec une bouteille dont l'étiquette est écrite en anglais, ce qui ne manque pas d'humour.

C'est de la pisse d'âne de dernière qualité. Il devait avoir du diabète, le bourricot. C'est fade, sucré, triste et pâteux.

Je repousse mon verre. Je paie.

A ce moment-là, il y a un grand diable à la mâchoire proéminente comme un tiroir de caisse enregistreuse qui me frappe sur l'épaule.

— Vous êtes français ? me demande-t-il.

— Oui. Pas vous ? dis-je, car il a un accent à couper au sécateur.

— Suivez-moi ! ordonne-t-il.

Et il ajoute :

— Police.

D'un geste qui ne manque pas d'élégance, il glisse sa main par l'ouverture de ma veste et palpe ma seringue.

— Hé ! doucement ! fais-je, comprenant la méprise. Moi aussi, je fais partie de la police.

Je lui montre mes papiers.

— Téléphonez à Nord 54-54, les services de Grane vous confirmeront mes dires.

Son visage en forme de coupe-papier s'élargit un instant pour sourire.

— *I'm sorry*, murmure-t-il. Navré, commissaire, mais je suis de faction ici pour l'histoire. On a déjà tué des filles de la maison.

Je fais claquer mes doigts.

Cecilia a marqué toutes les boîtes sur sa liste, y compris celles où le meurtrier s'est manifesté. Je me souviens en effet avoir lu le mot *Cyro's* sur les rapports.

— Comment est morte la fille d'ici ?

— Dans la cabine téléphonique du hall.

— Très curieux… Etranglée, n'est-ce pas ?

— Oui.

— J'aimerais jeter un coup d'œil.

— Facile. Arrivez !

Je l'accompagne jusqu'à l'entrée. Là, le hall forme comme une équerre.

Il y a une seconde partie se terminant en cul-de-sac. Au fond de ce cul-de-sac se trouvent deux cabines téléphoniques. Entre l'entrée et les cabines, le vestiaire, puis les toilettes.

En somme, le gars était peinard pour étrangler la gonzesse, car les cabines sont en partie masquées par le vestiaire.

— Personne n'a vu la fille se diriger vers le téléphone ?

— La préposée du vestiaire. Mais elle ne sait pas si les gens qui passent devant elle se rendent au téléphone ou aux toilettes.

— Evidemment !

Je vois un écriteau sur la porte des toilettes : *ladies*.

— Les toilettes réservées aux hommes ne sont pas ici ?

— Non, dans l'autre partie du hall.

— Et la fille du vestiaire n'a pas remarqué d'homme de ce côté ? Cela doit pourtant attirer son attention. Peu de mâles doivent croiser dans le secteur réservé aux femmes.

— Elle n'a pas vu d'homme.

— Vous ne trouvez pas cela étrange ?

— Tout est étrange, dans cette histoire.

Je le regarde.

— En somme, en quoi consiste votre job, ici ?

— Les chefs ont décidé de poster un inspecteur parlant le français dans toutes les boîtes.

— Bonne précaution, ricané-je.

Je vais jusqu'aux cabines.

— Dans laquelle ?

— Droite…

La plus en retrait, bien entendu.

— Comment fonctionne le téléphone, ici ?

— On introduit des nickels dans la fente. La standardiste vous donne votre communication.

— La fille avait demandé un numéro ?

— Non. On a retrouvé son nickel par terre. Elle n'a pas eu le temps. Le type lui a sauté dessus.

— C'était risqué, dites…

— Très.

Je murmure pour moi tout seul :

— Il fallait que le gars soit drôlement pressé pour prendre un risque pareil. On l'a retrouvée à quelle heure, la souris ?

— Le lendemain matin. C'est le Noir qui fait le nettoiement.

— La mort remontait à quelle heure ?

— Une heure du matin.

— Et, entre une heure du matin et la fermeture, personne n'a téléphoné ?

Il me regarde, perplexe.

— Certainement pas, fait-il.

— Certainement pas, ou non ? Il y a un distinguo entre les deux.

— Si quelqu'un avait téléphoné, il aurait découvert le cadavre et donné l'alerte.

— La standardiste doit tenir une comptabilité des appels ; c'est du moins ainsi que cela se passe en France.

— Aux Etats-Unis également.

— O.K. ! Il ne reste qu'à lui demander la liste et l'heure des demandes émanant de cette cabine le… Au fait, quand a été butée la poule ?…

— La quoi ?

— La petite.

— Samedi dernier.

— C'est donc la dernière de la liste ?

— Oui.

— Tiens ! Vous m'accompagnez jusqu'au standard ?

Il hésite.

— Oui.

Il rafle son chapeau au vestiaire où on lui a réservé un petit coin spécial.

— Suivez-moi ! ordonne-t-il.

Mais je ne bouge pas. Je suis contre l'espèce de comptoir de velours du vestiaire et je regarde en direction des cabines. On voit très bien celles-ci. Il faut être plus que téméraire pour attaquer quelqu'un dans de pareilles circonstances.

A vrai dire, la chose me semble pratiquement irréalisable. Une femme ne se laisse pas étrangler sans ruer ou crier, et il est difficile de saisir convenablement ledit quelqu'un dans un endroit aussi exigu.

— A quoi pensez-vous ? me demande mon compagnon.

— Au meurtre, bien sûr ! monsieur heu...

— Stumm !

— Monsieur Stumm. Un drôle de meurtre !...

Nous sortons. On tourne le coin de la rue et, deux blocks plus loin, nous tombons sur un bâtiment où il y a écrit en gros : *Central Post Office.*

Stumm se repère là en habitué. Des couloirs, des ascenseurs... Nous débouchons dans une salle immense où une tinée de gonzesses jactent devant les tableaux lumineux hérissés de fiches.

Il va droit à l'une d'elles.

Puis il me fait signe.

Je l'écoute bafouiller, ne saisissant pas le centième de ce qu'il bonnit.

Ensuite, il file à un bureau marqué « Private », juste comme dans le filin policier *made in Hollywood* qu'on projette dans votre quartier. Là, un vieux crabe boit le contenu d'une bouteille thermos en faisant de petits effets de langue.

Les deux zigs parlent un bout de temps, puis le vieux crabe commence à farfouiller dans un immense classeur.

Il en extrait des piles de feuillets couvertes de

papier gommé sur lesquelles sont inscrites des abréviations à la machine.

Et je te discute le bout de gras. Et je te pousse des exclamations.

A la fin, Stumm se tourne vers mégnace :

— Il y a eu quatorze appels entre une heure et deux heures, depuis le *Cyro's*.

Il paraît tout contrit.

Moi, je mouille, vous pensez…

— Tiens, fais-je, je croyais que vous étiez des phénix, dans la police américaine. En France, le F.B.I. et le reste, on en consomme autant que la pénicilline !

Il est penaud pour toute la police des U.S.A., Stumm. Il en bave des ronds de galure.

Nous sortons.

— Il faudrait donc conclure que ces quatorze appels sont partis de la même cabine ? Hum ! ce serait assez bizarre.

Il ne me répond pas.

Nous marchons en silence. La nuit devient plus fraîche, plus venteuse.

— Il y a peut-être eu erreur quant à l'heure du décès, fait-il enfin. Peut-être la fille n'est-elle morte que juste avant la fermeture ?

— Pendant la ruée du populo sur le vestiaire ? Evidemment, ça paraît invraisemblable.

Il hausse les épaules.

— C'est bon, fais-je, on se reverra un de ces quatre. Inutile de raconter tout ça à vos supérieurs, vieux, je me charge de l'affaire.

Il a un signe de tête affirmatif.

Je bigle ma montre que j'ai réglée sur l'heure de Chicago, because les fuseaux horaires. Vous avez dû entraver ça à l'école. Non ? C'est vrai que vous n'êtes qu'un beau ramassis de cancres !

Une heure moins des…

J'ai le temps d'aller me jeter quelques centilitres de whisky dans un troquet convenable, en attendant l'heure de mon rendez-vous.

Croyez-moi ou ne me croyez pas, mais je reprends espoir. Je me dis que, vue d'ici, la voie lactée est la même à peu de chose près et que mon étoile continue d'y briller.

En tout cas, la matière grise fonctionne toujours au petit poil.

C'est l'essentiel. Non ?

# CHAPITRE III

## MARESCO

Un Noir a trouvé une souris morte dans la cabine téléphonique au petit jour. Elle était morte dans la nuit.

La cabine a servi entre l'heure présumée de la mort et la fermeture de l'établissement.

Je sors mon tarin du verre de rye et j'ai une bonne raison à cela : le glass est vide.

Stumm a peut-être raison, le toubib de la police a pu se foutre le doigt dans l'œil. Un toubib qui joue au con, ça se voit souvent, beaucoup trop souvent !

Oui, il y a cette solution. Mais il y en a une seconde, et j'ai la faiblesse de m'y attarder : la môme a pu être étranglée autre part et amenée ici *par la suite !*

En ce cas, cela changerait la face du problo.

— *How many ?* je demande.

Le garçon me dit un chiffre que je ne pige pas.

D'un geste informé, j'aligne un billet de cinq dollars.

Puis j'empoche ma mornifle et je me mets à la recherche de ma première boîte de danse, celle devant laquelle j'ai rambiné une taxi-girl. J'ai hâte d'avoir un petit aperçu du comportement privé de ce genre de donzelle.

Puisque je suis ici pour la chose de la psychologie, comme dit Grane, autant y aller carrément !

Il est deux plombes plus trois lorsqu'elle radine. Vaporeuse, ma Dorothy Lamour pour noces et banquets ! Faut voir ! Moi, je suis un peu emprunté, je ne sais pas par quel bout on les chope, les gisquettes, ici !

— Un glass ?

Qu'est-ce qu'on risque ?

Elle dit :

— *Yes*...

On va se tortiller quelques verres de whisky. Puis je lui exprime ma sympathie d'une façon toute manuelle, ce qui est la seule méthode internationale que je connaisse.

— *On go to bed ?* fais-je, après que les premiers attouchements se soient avérés concluants.

Elle n'est pas contre, mais elle a un regard à mon larfeuille qui en dit long comme une rame de métro sur son désintéressement.

Je cligne de l'œil en tapotant mon crapaud. Ça la met en confiance, cette mignonne !

Elle piaule, à quelques rues de là, un petit appartement assez minable.

Elle met son doigt sur ses lèvres lorsque nous grimpons l'escalier. Ça me rappelle la bonne province française, quand j'allais sauter la bonniche des voisins.

Le meilleur moment de l'amour, c'est lorsqu'on grimpe l'escalier. Je suis la souris en regardant onduler son postère fort aimablement.

Elle a le dargeot sympa, c'est énorme. Ça aide aux relations culturelles.

Je la suivrais comme ça jusqu'à la planète Mars. Mais elle va moins haut, le troisième étage lui suffit.

Elle engage une clé plate dans une serrure confidentielle.

Je vous l'ai dit, c'est locdu, comme crèche. Locdu et vaguement craspect, avec les serviettes de toilette sales par terre, un divan dont les couvertures balayent un parquet qui en a plutôt besoin. Des mégots poisseux de rouge dans les cendriers, des pantoufles ravagées, des culottes sur les dossiers de chaise. Enfin, ça n'a pas d'importance. L'amour, ça se fait n'importe où, n'importe comment. L'essentiel est qu'on soit deux !

Je pose mon bada et ma veste. A ce moment, elle

découvre ma seringue accrochée sous mon bras. Elle devient toute chose. Vous parlez d'un petit étourdi que je fais !

Elle devient pâle comme une crème fouettée et ses yeux s'agrandissent.

Je rigole.

— *I am the French!* dis-je.

Du coup, elle ouvre grand sa gueule et se met à hurler, sans souci des voisins dont pourtant elle semblait vouloir respecter le sommeil.

Alors, je l'empoigne par le bras.

— Silence !

Je lui montre mes papiers. Le mot police est aussi éloquent en français qu'en anglais. Elle se calme.

Petit à petit, je l'apprivoise. Je lui explique ma mission et ça la réconforte.

On finit par mettre au point un petit langage à nous qui nous suffit à exprimer des idées cohérentes sinon philosophiques.

Je lui demande si elle connaissait les souris qui ont été butées et elle me répond que non. Elle n'a pas la moindre idée de ce que peut être le soi-disant Français assassin.

Tout en discutant le bout de gras, je lui flatte les hanches et la conversation finit par laisser place aux gestes. Elle a un beau coup de reins, la gamine ! On s'en offre une drôle de tranche, je vous le promets. Jamais les rapports franco-américains n'ont été aussi serrés !

Quand on a terminé la partie de zizi-panpan, on recommence à jacter. C'est une grande loi humaine : un sens intervient toujours après un autre.

Elle me dit que son turbin est épuisant. La danse fatigue. Les veilles aussi. Bref, elle rêve d'être marida à un mec convenable qui lui achèterait un gentil cottage dans la banlieue et lui ferait une paire de lardons. C'est le rêve de toutes les gerces qui ne mènent pas une vie très réglo.

Je m'informe de ses gains. Elle touche une ristourne sur les tickets empochés et une autre sur les consommations. Dans les bonnes soirées, elle se fait un peu de fric, mais il faut en suer ! Probable qu'elles arrondissent leur budget en faisant une petite passe, de temps à autre !

Elles ne peuvent jamais refuser la clientèle ; c'est interdit par la direction.

— A qui appartiennent ces maisons, fillette ?

— A un consortium. Chacune a un gérant qui dépend de la société principale.

— Et qui dirige la société ?

— Maresco…

— Qu'est-ce que c'est que ce type-là ?

Elle ne répond pas.

Je n'insiste pas. Je sens en elle comme une

méfiance. Tant qu'il n'était question que du travail, ça boumait, mais, maintenant qu'on aborde un sujet plus épineux, elle joue à la carpe et ne comprend plus mon langage.

J'hésite, puis je sors un billet de ma poche et je le dépose sur le lit.

Elle reste assise, immobile. C'est à peine si elle me dit au revoir d'un bref mouvement de tête.

Peut-être n'ai-je pas donné assez ?

Pourtant, je lui ai lâché vingt dollars. Plus de deux sacs en mornifle français, c'est pas sale pour subir mes hommages, hein ?

Un coup de tringle à la française, ça devrait au contraire se payer !

Décidément, les grognaces de Chicago sont bien déroutantes, avec leurs façons de se faire tuer comme des mouches ou de ne pas dire merci lorsqu'on leur crache de l'osier.

Je hèle un taxi :

— Le *Connor,* rapidos !

Il est temps que je me file dans les toiles, car je ne tiens plus sur mes cannes !

Ça fait un bout de temps que je ne me suis pas couché dans un bon lit tout blanc.

*
* *

Il n'est pas loin de midi lorsque je me réveille.

Je commence par le commencement, c'est-à-dire par prendre une douche froide, ensuite de quoi je téléphone à Cecilia, histoire de lui donner un petit bonjour. Mais ça ne répond pas à son domicile. Je demande alors Nord 54, deux fois, et c'est sa voix harmonieuse qui lâche dans l'ébonite le traditionnel « Hello ! ».

— Passé une bonne nuit ? demande-t-elle.

Il y a quelque chose de moqueur dans son ton.

— Pas mauvaise. Pourquoi ?

— C'est votre genre, le brun ? C'est vrai que la Française est surtout brune.

Je deviens prudent comme un gars chargé de déminer une région.

— Tout ça pour en arriver à quoi ?

— A la petite taxi-girl que vous avez enlevée cette nuit.

Je prends l'apostrophe dans les gencives.

— On est en Russie ou en Amérique ? je râle. On me fait suivre ! Si c'est ça, je refais ma valise et le premier avion pour la Francecaille, y 'a moi dedans !

Elle éclate de rire.

— « On » ne vous fait pas suivre, affirme-telle. Mais « on » fait suivre tous les hommes qui attendent une taxi-girl à la sortie de son travail. C'est la plus élémentaire précaution, vous ne pensez pas ?

Je ne réponds rien.

Evidemment, j'aurais dû me douter de la chose. En tout cas, ils font fort bien leur service, les anges gardiens, je ne me suis aperçu de rien. Très élégamment fait !

Je pense à Stumm, lequel m'a sauté sur le poil illico. Mazette ! ils ont mis en place le dispositif numéro un.

— Vous n'êtes resté chez elle qu'une heure, fait-elle. Je croyais que les Français restaient beaucoup plus longtemps chez les jeunes femmes.

Je me fous en rogne.

— Vous verrez, lorsque j'irai chez vous !

Elle ne l'a pas volé. Du reste, ça la déconcerte un peu.

— Dites-moi, Cecilia, soyons sérieux. J'ai simplement voulu me rendre compte de la façon dont vivait une taxi-girl.

— Et c'est concluant ?

— Qui sait ?... Autre chose : cette surveillance étroite dont les maisons de danse font l'objet, y a-t-il longtemps que vous l'exercez ?

— Dès le deuxième meurtre... et elle n'a fait que se renforcer.

— Je ne vois pas comment, en ce cas, mon « compatriote » a pu commettre les cinq autres forfaits.

— Nous non plus ne le voyons pas.

— Il paraît que toutes les boîtes appartiennent à un consortium ?

— C'est exact.

— Et il paraît également que le consortium a à sa tête un certain Maresco ?

— Dites-moi, vous en avez appris des choses !

— Une heure bien employée, en compagnie d'une brunette. Et encore, je ne parle pas la langue du pays !

Là, je viens de marquer un point.

— Qui est ce Maresco ?

— Vous avez entendu parler d'Al Capone ?

— Je connais mal l'histoire des Etats-Unis, mais je sais qu'après La Fayette, c'est le gars qui a le plus fait parler de lui ici.

— Maresco a été comme qui dirait un de ses lieutenants.

— Bravo. Et, vis-à-vis de la police, quel rôle joue-t-il, actuellement ?

— Aucun. Il se tient…

— … Peinard ?

— C'est ça.

— Ça veut dire quoi ? Qu'il bande les yeux des flics avec des gros billets ?

— Ça veut dire ce que je vous dis : il se tient peinard. L'origine de sa fortune est plus que douteuse, mais la façon dont il la gère est régulière.

— Bon, bon… Où habite-t-il, cet honnête homme ?

— Pourquoi ?

— J'aimerais lui dire un petit bonjour.

Elle semble abasourdie.

— Quoi ! Vous voulez voir Maresco ?

— C'est pas le bon Dieu, non ?

— Ici, c'est beaucoup plus ! Pour le voir, on a une recommandation du gouverneur au moins et on demande audience deux mois à l'avance.

— Bon. Il habite où ?

— Kedzie Avenue, près de Garfield Park.

— Sa maison ne porte pas un numéro ?

— Peut-être, mais elle n'en a pas besoin, car tout le monde la connaît.

Elle ajoute :

— Vraiment, vous allez essayer de le voir ?

— Je *vais* le voir, Cecilia.

— Quelle idée !

— N'est-il pas le grand patron de toutes les filles mortes ?

— Si, dans un sens.

— Eh bien, c'est dans ce sens-là que je veux parler. Il a eu des réactions, Maresco, en voyant qu'on démolissait ses gambilleuses ?

— Il a offert une prime à qui découvrirait – ou permettrait de découvrir – l'assassin.

— Grosse ?

— Dix mille dollars.

— Hum ! c'est d'un bon patron, un pareil geste !

Je réfléchis afin de voir si je n'oublie rien. Mais non, je lui ai posé toutes les questions qui me titillaient la langue.

— Ça va, je vous laisse travailler, mon ange. Faites mes amitiés à Grane.

Elle prend un ton très nonchalant pour demander :

— Je vous vois, aujourd'hui ?

— Evidemment, dis-je. Il est bien entendu que vous m'invitez ce soir, à neuf heures, à prendre un drink chez vous. J'ai votre adresse !

Je raccroche sans lui laisser le temps de retrouver ses esprits.

# CHAPITRE IV

## MARESCO (*bis*)

Kedzie Avenue est en plein cœur de la ville. J'avise un mec occupé à ramasser des débris de papier ou des épluchures de fruits qu'il jette dans une sorte de tonneau à roulettes.

— *Hello!* je lui lance, *the Maresco House, please?*

Vous vous rendez compte combien mon anglais se perfectionne? Du reste, il n'hésite pas un quart de seconde et me désigne une bicoque qui conviendrait parfaitement à M. Ford pour monter une succursale.

Un immense dais bleu, clouté d'étoiles d'or, orne l'entrée. De part et d'autre de la lourde, il y a deux portiers galonnés. M'est avis que si le Maresco ne se prend pas pour le président des Etats-Unis, il ne se prend pas non plus pour l'excrément qui décore la bordure du trottoir.

Je grimpe les marches du perron.

Les deux portiers, sans se consulter, se rapprochent, ce qui bloque net la lourde.

Je bigle les deux immenses épaules jointes. C'est ce qu'un prof de géographie appellerait une « frontière naturelle » !

L'un d'eux me pose une question. Sans doute me demande-t-il ce que je viens maquiller.

— *I* veux voir Mr. Maresco !

Ils me dévisagent.

Alors, je gueule :

— Police ! en leur soufflant dans le nez à la façon de King-Kong.

Là, je les émeus un tantinet.

Le plus massif (tout en ronce de noyer !) me fait signe de le suivre. Nous pénétrons dans un hall au fond duquel un huissier en smoking, qui ressemble à un croupier, dit des trucs inaudibles dans un téléphone intérieur.

Lorsqu'il a raccroché, il nous dévisage sévèrement. Le portier baratine. Je laisse flotter les rubans.

— *I not speak english,* dis-je modestement, après qu'il a jacté. I *am a french policeman. I will, I want.* M..., je veux voir Maresco, et au trot, remuez-vous ou je fais un malheur !

L'huissier ne bronche pas.

— *Ask* Nord 54-54, lieutenant Grane ! fais-je sèchement.

J'écris le numéro de téléphone.

A la fin, l'huissier décroche son appareil intérieur et demande conseil à un mec.

Il me fait signe de m'asseoir sur une banquette couverte de satin bleu.

Je refuse et je me mets à faire les cent pas dans le hall. Cinq interminables minutes s'écoulent. L'huissier ne me perd pas des yeux.

De temps à autre, je me plante devant lui et je le renouche.

Comme j'ai l'œil américain, je ne mets pas longtemps à repérer la grosse bosse que forme son veston de smoking, du côté de l'aisselle gauche.

Ils ont de drôles de stylographes, les huissiers de Maresco, vous pouvez me croire. Des stylos de calibre 45, pour un mec qui est rangé des voitures, c'est assez cocasse ; il est vrai que nous sommes en Amérique, un bled où il ne faut s'étonner de rien.

Enfin, le bignou grésille. Il décroche et grogne :

— *Hello !*

Il écoute religieusement, secoue la tête, et raccroche.

— *This way, please !* me jette-t-il.

Il me fait entrer dans un ascenseur qui ressemble à un salon. L'intérieur est tendu de peau de suède beige et une banquette bleue attend les postères fatigués.

Mais ça ne vaut pas le coup de s'asseoir, car ces vaches d'ascenseurs vont à des allures impressionnantes. Vous n'avez pas retiré votre doigt du bouton que déjà vous êtes arrivé.

Nous marchons sur un tapis moelleux comme une tranche de pudding et un zig costaud, vêtu d'un complet marron et cravaté de jaune, s'interpose. L'huissier me confie à lui. Le nouveau gnace mesure dans les deux mètres et, lui aussi, a le costard gonflé à gauche. Peut-être, après tout, qu'ils ont le cœur dilaté, dans la baraque.

Il garde son chapeau sur la tête et mâche de la « gum ». Voir, encore une fois, au cinéma de votre quartier !

Nous passons deux portes. Puis c'est un bureau comme je n'en ai encore jamais vu, même au ciné.

Si une bombe tombait sur le Palais des Sports, Bénaïm pourrait organiser ici ses réunions de boxe.

Cette pièce tient toute la superficie de l'immeuble. D'immenses fenêtres l'éclairent largement. A l'extrémité, c'est arrangé en bar luxueux. Au milieu se trouve un meuble couvert de peau de suède – Maresco a dû faire un vœu ! – et cerné de fauteuils qui ressemblent à un troupeau d'éléphants.

Quelques costauds du format de celui qui m'escorte sont enfouis jusqu'au cou dans lesdits fauteuils. Derrière le bureau se tient un vieux bonhomme aux cheveux drus, grisonnants. On voit qu'il est vieux à son visage ridé, mais, comme prestance, il se pose là ! Il a d'épais sourcils, l'œil noir et enfoncé, la bouche mince.

Pour les fringues, c'est un Brummell ! Complet bleu croisé, chemise blanche, cravate noire ornée d'un filet bleu. Aux doigts, une quincaillerie valant des milliers de dollars.

Il me regarde venir comme un roi, du haut de son trône, regarde venir le mendigot de la semaine.

Lorsque je suis devant lui, il m'examine silencieusement, implacablement. Son regard est d'une cruelle éloquence : il m'apprend que ma cravate rouge ne va pas du tout avec mon costard gris à rayures, parce qu'elle est elle-même à rayures. Que mes chaussettes bleues sont une hérésie et mes pompes de daim une preuve de mauvais goût.

J'essaie de briser sa contemplation en lui adressant un salut que je m'efforce de rendre cordial, mais il est hypnotisé.

— Si je vous plais tellement, je peux vous avoir ma photo en pied, je murmure.

— A quoi bon ? rétorque-t-il.

Son français est excellent. Sa voix est douce, chaude, comme celle d'un speaker qui donne aux futures mamans des conseils de puériculture.

J'avoue que je suis surpris.

— Vous parlez français ? balbutié-je.

— Devinez ? fait-il sans rire.

Drôle de gabarit ! Des types comme lui, on n'en rencontre pas des tonnes !

— Vous êtes de la police française ?

— Oui.

— Grane vient de me donner des explications, inutile donc de résumer. Vous attendez quelque chose de moi ?

Je me convoque d'extrême urgence pour une conférence intime.

« San-Antonio, je me dis, l'honneur national est en jeu. Si tu continues à te laisser mettre en boîte par ce zigoto, tu vas tellement avoir l'air d'une crêpe que tu n'oseras plus jamais te rencontrer dans une glace. »

Je me racle le corgnolon.

— Oui, fais-je, j'attends plusieurs choses de vous : un siège, pour commencer, car j'ai horreur de parler debout, et ensuite quelques minutes d'attention.

Son sourcil gauche remonte d'un centimètre.

Il est vachement surpris et, par conséquent, intéressé.

D'un coup de pouce, il me montre un fauteuil.

Je m'y laisse choir, puis j'examine les quatre brutes dispersées dans l'immense pièce comme des naufragés sur des atolls !

« Faites chauffer l'atoll ! » comme dirait Breffort ou un gars de Bikini !

Je leur souris aimablement, mais autant sourire à quatre tas de terre. Leurs cerveaux sont gros comme des noisettes et se perdent dans la masse. Alors, pour la question des réactions, vous repasserez la semaine prochaine ! Tout ce qu'ils sont capables de faire, ces tordus, c'est de sortir un pétard de leur poche à la vitesse où vous crachez un noyau de cerise et de vous téléphoner une praline dans le bocal !

Je reviens à Maresco, lequel, décidément, offre un intérêt humain.

— Ils ne sont pas marrants, vos boy-scouts ! je lui fais. Chez nous, les tueurs sont plus rigolos, car ils sont latins !

Il ne bronche pas.

Mais sa bouche s'entrouvre d'un quart de poil.

— Aux Etats-Unis, dit-il, le temps est une valeur. Je n'ai que quelques minutes à vous accorder, monsieur le commissaire français.

— Le Bon Dieu vous le rendra, fais-je gentiment.

— Que voulez-vous ?

— Vous poser une question.

— Vous n'avez aucune qualité pour poser des questions à un citoyen américain.

Il doit être bon sur un court de tennis, Maresco. Il a le don de la riposte !

— J'agis à titre officieux, d'accord, mais sur la demande de votre police.

Maresco se tourne légèrement en biais afin de pouvoir croiser ses jambes.

— Ecoutez, dit-il, je suis d'origine italienne. Je connais beaucoup l'Europe, la France en particulier. Dans nos pays, tout est officieux, mais, ici, tout est officiel. L'officieux, c'est fait pour les gens qui ont du temps à perdre.

« Moi, je n'ai pas le temps de répondre à vos questions. Vous venez me parler des filles assassinées, vous avez appris que les boîtes auxquelles elles appartenaient sont sous mon contrôle et vous jouez les enquêteurs. Je ne sais rien. J'ai promis dix mille dollars à qui trouvera le meurtrier. Trouvez-le et passez à la caisse. »

Il se dresse à demi.

— Bonsoir.

Comme mise à la lourde, c'est du gratiné, vous ne trouvez pas ?

Je ne veux pas lui donner la satisfaction de me voir en crosse.

— Comme vous voudrez, Maresco, dis-je en me levant. Pourtant, si vous ne voulez pas me parler, laissez-moi vous dire quelque chose. Je ne crois pas beaucoup à l'histoire du meurtrier sadique. Un meurtrier sadique se serait fait crever depuis le temps. Et puis…

Et je le bigle puissamment :

— La petite du taxiphone n'aurait pas été portée dans la cabine « après sa mort et après la fermeture du *Cyro's* ! »

Je me taille sans me retourner.

M'est avis qu'il doit regretter ses manières d'empereur romain, le vieux Rital !

Le tueur à gages qui m'a escorté pour venir me raccompagne.

Une fois dans l'avenue, je respire puissamment.

Curieuse prise de contact, à la vérité ! Je viens de faire connaissance vraiment avec les Etats-Unis. C'est une sorte de baptême du gangstérisme.

Je tourne le coin de l'avenue et je pénètre dans un établissement tout ce qu'il y a de sélect.

— Double whisky ! dis-je en m'accoudant au bar.

## CHAPITRE V

## UNE VIEILLE CONNAISSANCE

Le *Cyro's* est fermé. Une grille à croisillons en interdit l'accès. Pourtant, j'entends chanter à l'intérieur. Un zig brame à plein chapeau. Et ce zig, je vous parie la main de ma sœur contre le masseur de Marlène que c'est un Noir. Il n'y a qu'un Noir pour chanter les blues de cette manière-là.

Je passe mon poing au travers de la grille et je cogne dans la porte.

Ça ne produit tout d'abord aucun effet, mais la persévérance est toujours récompensée. A force de tabasser, la chanson s'arrête et la lourde s'entrouvre. Je vois apparaître le visage rigolo d'un négrillon. Il est en veste blanche boutonnée sur l'épaule, il porte un pantalon bleu et il est coiffé d'une casquette à petite visière.

— *Excuse me,* lui dis-je. *Open,* police !

Il ouvre la bouche et ses dents se mettent à

étinceler comme un collier de perles. Je sais que cette comparaison est d'une pauvreté navrante, mais les plus grands auteurs se laissent aller à la facilité.

— *Open!*

Je le gueule tellement fort que des passants se retournent.

Et je rajoute :

— Police !

Parce que c'est le mot qui a le plus de chance d'impressionner un honnête homme.

Le négus a fini par réaliser. Il ouvre la grille et je pénètre dans l'estanco.

Le coin est vaste, désert comme une cathédrale après les vêpres et en grand nettoyage. C'est le négus qui se tape la séance d'aspirateur avant de remettre les sièges en place.

C'est certainement lui qui a découvert le cadavre de la souris dans la cabine. Mais, comme il ne jacte pas une broque de français, je renonce aux questions.

Je sors mon dico de ma fouille et je construis des phrases comme on joue au puzzle.

En quelques minutes de cet exercice qu'il suit avec attention, je parviens à lui faire comprendre que j'ai besoin de voir le gérant de la taule, et de le voir rapidement !

Il sourit aimablement alors et m'entraîne solennellement vers le fond de la salle.

Nous pénétrons dans un couloir bas de plafond. Au bout, il y a l'éternelle porte « Private ». Ce sont ces portes-là qu'un flic aime le mieux franchir.

Le Noir frappe. Un grognement lui répond. Ce grognement doit vouloir dire « entrez », car, sans hésiter, il ouvre.

J'aperçois un grand type brun et maigre derrière un bureau. Tout le monde vit derrière un burlingue, dans cette contrée.

Comme sale gueule, il faut aller loin pour trouver pire ! Il est bistre, il a le regard fuyant, les pommettes saillantes et un air faux-cul vaporisé sur toute la physionomie !

Il bondit et repousse un tiroir.

*Hello!* fais-je. Je parie le dentier de votre vieille aïeule contre une douzaine de roses rouges que vous parlez français.

Il me toise d'un air inquiet.

— Oui, admet-il. Perqué ?

— Parce que vous êtes italien aussi et que vous avez vécu à Pigalle avant de venir aux U.S.A.

Je continue :

— Vous vous appelez Seruti. J'ai bien connu M. votre frère ! J'étais là lorsque les flics l'ont seringué à la Villette, dans la cahute où il s'était planqué avec Mario-Grosse-Tête !

Il en est baba, le frère !...

— Yé m'appelle Seruti, admet-il, drôlement soufflé.

— J'ai une mémoire visuelle extraordinaire, affirmé-je avec modestie. J'ai vu ta gueule aux dossiers, à Paris. Alors, comme ça, tu t'es rangé ?

— Oui, dit-il, jé faite ma situationne à Chicago.

Je m'assieds en face de lui.

— Le monde est petit, dis-je.

Il est mal à l'aise. Il me regarde en se demandant qui je suis.

— Police ? questionne-t-il prudemment.

Je lui présente ma carte.

— Commissaire San-Antonio.

Il se dresse.

— Non, chez nous, t'es à jour. A moins que tu aies une ardoise secrète ?

Il fait un grand signe de dénégation.

— Bon, te fais pas péter une articulation, il n'est pas question de boulot.

Il me dédie alors son plus chaleureux sourire.

— *Bene,* j'aimé mieux ça. On prend oun drink ?

— D'accord.

Il me regarde en riant et répète ma phrase initiale :

— Lé monde est pétite !

Puis, réalisant que ça n'était pas seulement pour pouvoir parler de Pantruche que je suis venu :

— Vous avez bésoin dé moi ?

— Qui sait, fais-je en trempant mon pique-bise dans le verre de rye qu'il vient de me verser.

Du coup, son bel optimisme s'évapore instantanément.

— C'est dans ta taule, icigo, qu'une môme a été scrafée ?

— Oui, mais…

— Il y en a d'autres, je sais. Une épidémie…

— Oui.

— Seulement, la tienne, elle est cannée d'une façon poilante. Dans une cabine… Etranglée, la pauvre chérie. A proximité d'un tas de gens qui n'ont rien vu, rien entendu.

— Yé n'y souis pour rien.

— Ben, voyons ! Simplement, tu pourrais me dire à quel endroit elle est morte, la pauvrette.

— Mais…

— Ah ! non. Te mets pas à bêler, ça fait couenne !

— Yé vous assoure, commissaire, yé né connais dé l'affaire qué cé qué les journaux en ont dit…

— Passe la main ! Tu es le boss de cette boîte, oui ou non ?

— Oui, mais…

Je lui allonge un parpin qui lui arrive illico à la pointe du menton. Il a un geste rapide vers sa seringue, mais j'ai sorti la mienne avant.

— Laisse l'artillerie à ta gauche, chéri… Et

pardonne un mouvement d'humeur. L'humeur, c'est mon défaut mignon.

Il met ses pognes à plat sur la table.

— Bon, bien sage… Je sais que la fille n'a pas été étranglée dans la cabine. Elle l'a été ailleurs, mais, par la suite, on a transporté sa carcasse dans le taxiphone. Ne proteste pas, je te dis que je sais cela. J'en déduis que la fille a été tuée dans ce coquet établissement, mais dans un autre endroit où tu n'aurais pas aimé qu'on la trouve. Alors, après la fermeture, toi et tes pieds nickelés, vous l'avez mise là-bas. Une cabine, c'est une chouette idée; c'est le petit coin d'ombre accessible pour tout le monde.

Il se lève.

— Commissaire, dit-il, jé né sais pas dé quoi vous parlez. J'ai déjà répondou à la police, jé n'ai plou rien à dire. Rien !

Cette fois, il est sûr de lui. Il a fait son petit numéro mental, il a réalisé qu'ici je suis un double zéro, un résidu de lavasse.

La police de Chicago n'a pas l'air de bien impressionner les truands en place.

— Bon ! dis-je. Nous parlerons de ça un de ces quatre. Mais crois bien que j'en sais long, plus long encore que tu ne le supposes. Cette nuit, j'ai passé une heure charmante en compagnie d'une souris de la taule voisine. Elle a eu une conversation très édifiante.

Je me lève.

— *Bye-bye,* Seruti.

Et je m'en vais en refilant un dollar au Noir qui manie l'aspirateur.

Je viens de foutre un paveton dans la mare. M'est avis, les gars, que l'eau ne va pas tarder à se troubler.

Vous trouvez peut-être que j'agis d'une façon un peu incohérente ; seulement, ma seule arme, ici, c'est le pifomètre.

Faut bien que je m'en serve. Non ?

*
* *

Une fois dans la rue, je perçois un bruit pareil au grondement du métro. Je comprends que c'est mon estomac vide qui fait ce raffut.

Alors, j'entre dans un bar et je commande un sandwich-club.

Une fois colmatée la brèche de mon estomac, je décide d'aller serrer la cuillère à Grane.

Vu que c'est lui qui m'a relancé jusqu'à Paname, il est plus que normal que je le tienne au courant de mes investigations, comme ils disent ici !

Je m'annonce donc dans le building maison – ou plutôt « grande maison » – et j'adresse un petit salut déjà protecteur au flic qui monte le pet devant la lourde. Seulement, cet enfoiré ne me remet pas, car il est nouveau. C'est fou comme les gens qui ne vous ont jamais vu vous remettent péniblement !

La tendre Cecilia fait fumer une machine à écrire à force de lui cogner dessus.

En m'apercevant, une légère coloration inonde son beau visage.

Elle s'arrête de malmener son clavier et se lève.

— Oh ! vous, murmure-t-elle.

— *Yes, me !* fais-je.

Elle reste immobile. Je m'approche d'elle et je lui roule un léger patin.

— C'est de la folie, balbutie-t-elle, après me l'avoir rendu.

Elle a les châsses qui jouent à l'appareil à sous.

Vite, elle se recharge les baveuses. Puis elle renouche à droite et à gauche, mais il n'y a personne.

— N'oubliez pas que vous m'offrez le café ce soir, dis-je gentiment.

— Vous pourriez venir dîner, murmure-telle en baissant chastement les mirettes.

— Pourquoi pas ?

— Vous aimez le soja ?

Je réprime la grimace qui s'apprêtait à me contacter la physionomie.

— Pourquoi pas, fais-je, lorsqu'il est servi par vous ?

Je coupe court à ce flirt un peu poussé. Les jeunes filles en flirt ne boulonnent plus et celle-ci est sur le tas en ce moment.

— Grane est laga ?

— Il est quoi ?

— Laguche ?

Elle rit.

— Je suppose que c'est de l'argot ? fait-elle.

— C'en est, je suis doué pour les langues. Vous verrez ce soir.

Là-dessus, comme elle estime également que nous venons de débloquer suffisamment, elle va m'annoncer.

Grane me reçoit presto. Il ressemble plus qu'hier et bien moins que demain à un clown démaquillé. Ça vient de sa peau lisse et rosâtre. M'est avis qu'il s'est attardé dans un incendie, ce citoyen.

— *Hello!* murmure-t-il en souriant. Du nouveau ?

— Peut-être…

Sa patate prend un air ahuri.

— Vous parlez sérieusement ?

— Mon Dieu, Grane, ne m'avez-vous pas fait radiner de France pour que je m'occupe de votre affaire ?

— Si, mais une telle rapidité.

— Attention ! je n'ai pas mis la main sur l'assassin et je ne la mettrai peut-être jamais. Simplement, j'ai découvert certains petits éléments qui ne figurent pas dans le rapport.

— Oh ! dit-il. Vous avez rendu visite à Maresco ?

— Oui.

— On a téléphoné de chez lui à deux reprises. Une première fois avant votre entrevue, pour demander des explications sur votre compte, et une seconde après votre départ, pour redemander des explications. La seconde fois, c'est Maresco lui-même qui était à l'appareil.

— Mince d'honneur, je ricane.

Il fait semblant de ne pas avoir entendu.

— Puis-je vous demander la raison de cette visite ?

— Mon Dieu, n'est-il pas le grand manitou des boîtes où travaillaient les victimes ?

— Si, mais…

— Mais c'est tout ! Je ne néglige rien.

Il n'insiste pas.

Je poursuis :

— Autre chose : le gérant du *Cyro's* est un repris de justice ; à Paris, il a un dossier comme ma cuisse, aux sommiers. Quatre ans de taule pour attaque à main armée, puis huit ans pour abus de confiance. Un gentil coco.

Grane hausse les épaules.

— Si vous voulez des anges, il ne faut pas venir à Chicago.

— Je m'en doute. Mais là n'est pas la question. Je suis en mesure de vous apprendre que la fille butée au *Cyro's* ne l'a pas été dans la cabine téléphonique, mais ailleurs et on a porté son corps là-bas « après » la fermeture de la taule.

« Cela dit, je connais suffisamment les hommes pour pouvoir affirmer que Seruti, le taulier, est au courant de ce transport de cadavre. Je ne dis pas qu'il soit mêlé au meurtre – ce qui, en tout cas, n'aurait rien de surprenant – mais qu'il sait où la fille a été tuée. »

Grane se frotte le menton.

— Je ne vois pas ce qu'on peut faire, dit-il. Seruti, c'est Maresco. Dans l'état actuel des choses, on ne peut pas s'en prendre à Maresco sur des présomptions.

Il a les jetons, Grane ! Ici, plus qu'ailleurs, c'est la république des pontes !

— Laissez glaner, dis-je. Je vais m'occuper de cela tout seulabre. Je suis ici à titre tout ce qu'il y a d'officieux ; c'est un handicap et un avantage. Je n'ai pas d'appui, mais aussi pas de comptes à rendre !

Il a senti que je suis en rogne et il tire un flacon de raide de son fameux tiroir-bar !

— Un drink ?

— D'accord... Sur ce terrain-là, nous nous entendrons toujours.

Je liche mon godet.

— Dites-moi, Grane, puisque vous faites surveiller sur une grande échelle les maisons de danse, voulez-vous attacher un zigoto à la personne d'une jeune taxi-girl de mes relations ?

— Quel nom ?

— J'ignore le prénom. Je n'ai lu que son nom sur sa plaque : Morrisson. Et elle habite...

Je tire un brin de carnet de ma poche.

— ... Canal St... 518... C'est une fille brune... bien foutue...

— Vous avez des raisons de croire qu'elle est en danger ?

— Toutes les taxi-girls le sont, mais peut-être l'est-elle particulièrement.

Grane décroche son téléphone et demande quelque chose à la standardiste. On lui passe le service réclamé. Je l'entends refiler le blaze et l'adresse de la pépée.

— Le nécessaire va être fait, assure-t-il. J'ai demandé qu'on place devant sa porte un spécialiste.

— Parfait ! Il ne me reste plus qu'à vous demander de me soumettre encore une fois les fameux papiers signés : *Le Français.*

— Volontiers...

Il récupère son dossier et sort de l'enveloppe en carton les sept billets.

— Vous avez une loupe ?

— Facile.

Il sonne Cecilia et lui demande d'apporter l'objet réclamé.

Tandis que j'examine les sept billets, il me regarde attentivement, sourcils froncés.

— Dites-moi, Grane, les experts qui ont examiné ces bouts de papier ne vous ont rien dit ?

Il hausse les épaules.

— Ils m'ont dit beaucoup de choses, notamment que c'était le même individu qui avait écrit cela, qu'il s'agissait d'un homme, d'un homme assez nerveux.

— Oui, ils n'ont pas précisé s'il aimait les épinards et s'il se prénommait Gaston !

Je secoue la tête.

— Les experts sont les mêmes sous tous les cieux. Au fond, ces gens qui devraient être des scientifiques sont surtout des imaginatifs. Ils vous disent que le type est nerveux et ils oublient de vous dire l'essentiel. Et s'ils oublient de vous le dire, c'est que, justement, cet essentiel-là leur a échappé !

Grane est intéressé, je vous le jure ! Il ne donnerait pas sa place contre une sucette en sucre d'orge !

Et même pas pour une fantaisie de la plus belle star d'Hollywood.

— Quoi ? croasse-t-il.

Je prends mon temps. Pour une fois qu'un Français peut mystifier des Ricains, les prendre en flagrant délit d'incompétence !

— Il y a que ces billets ont été écrits le même jour ! fais-je.

Grane se lève, contourne son bureau et se penche par-dessus mon épaule.

— Sur quoi vous basez-vous pour affirmer une telle chose ?

— Prenez la loupe. Ça se voit à l'œil nu, mais prenez-la tout de même !

Il prend la loupe.

— Le type a écrit avec un stylo à encre. Il y avait une saleté après la pointe du stylo. Un petit bout de poil ou une grosse poussière. On le voit très bien à certains empâtements qui reviennent dans les déliés, c'est-à-dire dans les remontées de la plume. Or il ne s'agit pas d'un défaut fixe de la plume, car cet empâtement est inégal. Et, de plus, il se déplace. Voyez cette boucle de « L » ici : l'empâtement est à gauche et, là, il est à droite. Conclusion : il y avait une légère saleté au bec de la plume. Croyez-vous qu'on garde une saleté des semaines à la pointe de son stylo ?

Il se masse le menton.

— Non, évidemment.

— En plusieurs semaines – elles nous sont données par l'étalement des meurtres –, le criminel aurait été obligé de remplir son stylo, car, même s'il ne s'en servait pas beaucoup, l'encre se serait évaporée. Et, en remplissant le stylo, la petite saleté aurait fichu le camp. Vous pigez ?

— Très bien.

Il retourne s'asseoir.

— Tous les billets écrits le même jour ?

— A la file, oui !

— Et pourquoi ? demande-t-il.

Je souris.

— *Peut-être parce que l'assassin avait, ce jour-là, sous la main, un type sachant écrire le français et qu'il en a profité pour stocker les petits billets.*

Comme un automate, Grane verse à boire. Il vide son verre et me regarde.

— Ça voudrait donc dire..., commence-t-il.

Je me lève et ramasse mon chapeau.

— Ça voudrait simplement dire que le meurtrier des taxi-girls est n'importe quoi, sauf Français ! déclaré-je avec un petit sourire heureux.

Je porte deux doigts à ma tempe droite.

— Salut, Grane, je continue. Et je vous tiendrai au courant, comme de bien entendu !

## CHAPITRE VI

## LE POULET-COCOTTE !

Je pars du building-poulet d'une démarche de gladiateur, mais je suis un tantinet moins fiérot lorsque je me retrouve sur le macadam.

En un temps record, j'ai défriché un peu le terrain ; seulement je suis un peu moins fracassant, car je ne sais plus du tout que faire.

Faut comprendre ! En réalité, je suis seul dans cette ville tentaculaire. Tout seul comme un toutou perdu. Maintenant, je sais que je ne puis compter d'une façon vraiment effective sur la police, because la police d'ici a ses chouchous et elle fait gaffe où elle pose ses grands pieds. J'ai contre moi le clan Maresco qui ne doit pas savourer outre mesure mon entrée de cirque dans son burlingue. Lorsqu'il saura que je suis allé briser les nougats à Seruti, il montrera les chailles, c'est officiel. Et je vous parie le bouton de jarretelle de Greta Garbo, la Divine, contre un préservatif d'occasion que, dès demain matin, Grane, le brave Grane, me convoquera gentiment dans son cirque et me demandera non moins gentiment de mettre l'océan Atlantique entre Chicago et moi !

Probable qu'il doit regretter amèrement sa brillante initiative. Il donnerait son amygdale gauche pour ne pas m'avoir fait venir.

Plus je gamberge à ce blot, plus je me dis que la police d'ici a demandé mon concours afin de faire plaisir au public et, surtout, pour renforcer l'idée qu'il s'agit d'un sadique de nationalité française.

Tout en réfléchissant, je gagne mon hôtel.

Au moment où j'y pénètre, quatorze gnaces assis dans le hall se dressent et m'entourent. Ils ont des appareils photographiques et mâchent du chewing-gum, ce qui indique clairement que j'ai affaire à des journaleux.

Le pire, c'est qu'ils croient parler français. Ils m'accablent de questions, le magnésium crépite... Je suis aveuglé, assourdi, bousculé...

Celui qui jacte le françouze le plus potable me dit qu'ils veulent une interview de moi. Est-ce que j'ai une idée sur l'affaire ? Est-ce qu'il y a beaucoup de sadiques en France ? Est-ce la spécialité de la maison ?... etc.

Je lui réponds que je n'ai rien à dire et je lui

demande qui a rencardé la presse sur ma présence ici.

Il me dit qu'ils ont été avertis par un coup de tube anonyme. Je serre les poings ! Probable que c'est un coup à Maresco ou à Seruti, ce qui revient au même.

Ces sagouins se sont dit qu'en me flanquant cette meute enragée dans les guibolles, ils m'écœureraient en paralysant mes gestes.

J'essaie d'abord de leur échapper à coups d'épaules, mais je comprends vite qu'il ne faut pas y compter. Un paquet de journaleux, à Chicago, c'est une hydre. On lui coupe une tête, il en repousse instantanément une autre !

Le mieux, c'est de leur refiler la matière d'un papelard. Pourquoi, après tout, ne leur dirais-je pas ce que je sais ? Cela donnerait à réfléchir à l'assassin.

Je déballe donc la totalité du paquet. Tout y passe : les sept billets rédigés simultanément, la fille butée ailleurs que dans le taxiphone, tout !

Je vais jusqu'à parler de Seruti, vieille connaissance de la police parisienne. Ils en ont pour leur salive, les vaches !

Leur culot aidant, ils vont me tartiner quelque chose de soigné !

Enfin, je finis par leur glisser des pattes. Et je me fais propulser dans ma chambrette pour y prendre une nouvelle douche, car toutes ces allées et venues m'ont fait transpirer et je tiens à me présenter nickel chez Cecilia. J'ai bien droit à une petite soirée de délassement. Non ? Depuis que je suis arrivé, j'ai pas arrêté de cavaler de gauche à droite !

Il est huit heures lorsque je redescends, parfumé comme un slip de marié !

Je cramponne un taxi en lui colloquant l'adresse de ma blonde secrétaire. En cours de route, je me fais arrêter devant un fleuriste et je fais l'emplette d'une botte de roses crème absolument sensationnelles.

Je les tiens à la main au moment de sonner, ce qui ne contribue pas à me donner l'air spirituel.

Elle habite au douzième, Cecilia… dans un bel immeuble cossu.

Elle vient m'ouvrir en pantalon gris perle et chemisier saumon. Elle a un foulard jaune paille autour de la glotte et sur le ventre, un tablier blanc grand comme une pochette.

— Entrez vite ! me dit-elle.

Je lui tends ma boîte volumineuse.

— Qu'est-ce que c'est ? demande-t-elle avec cet air faussement surpris qu'ont les sauterelles lorsque vous leur apportez un cadeau.

— Voici des fleurs, des fruits, des feuilles et des branches. Et puis, voici mon cœur qui ne bat que pour vous !

Elle pousse une exclamation ravie.

— Comment avez-vous su que j'adorais les roses ?

— L'amour rend futé !

Elle secoue la tête.

— L'amour ! Hé là ! comme vous y allez !

— Cecilia ! m'exclamé-je sur un ton de reproche, vous qui n'avez peur de rien, auriez-vous peur d'un mot ?

— Qui sait ?

— Un tout petit mot…

Je lui chope le menton.

— On l'utilise beaucoup chez vous, n'est-ce pas ? demande-t-elle.

— Oui, mais à bon escient !

— Allons, dit-elle en se dégageant, laissez-moi, j'ai un dîner sur ma cuisinière.

L'appartement est gentil.

Un living-room dans le style nucléaire, avec des meubles qui ressemblent à des figures géométriques en couleurs. Une chambre, une cuisine-salle d'eau entièrement carrelée en bleu pâle. C'est net comme un magasin d'exposition, avec autant de personnalité qu'une cabine téléphonique.

— Installez-vous ! me crie-t-elle.

Il s'échappe de bonnes odeurs de la cuisine. C'est réconfortant. Décidément, l'Amérique a du bon.

J'accroche mon bada à un portemanteau représentant une tête de cygne stylisée. Puis je me coule avec précaution dans une sorte d'énorme tulipe, également stylisée, qui a la prétention d'être un fauteuil.

On n'y est pas mal du tout.

— Servez-nous deux Martini ! dit Cecilia.

A portée de paluche, il y a un bar roulant aussi biscornu que le reste de l'appartement.

— Vous aimez le style moderne ? je questionne.

— Devinez ! fait-elle.

Elle arrive pour vider le verre que je lui ai préparé : un doigt de Martini dans un poing de gin.

— Vous n'aimez pas ?

— C'est-à-dire qu'à côté de mon vieux pavillon…

Je regarde autour de moi.

— J'ai un peu l'impression d'avoir mis le pied dans la lune.

Ça la fait marrer.

— Ce que vous êtes amusant !

— N'est-ce pas…

— Vous avez faim ?

— J'ai toujours faim, et toujours soif. Chez moi, c'est un mal chronique.

— Devinez ce que je vous ai cuisiné ?

— Du soja ?

— Non ! Du poulet à la crème !

— Sans blague ? On sait cuisiner, chez vous ? Je croyais que tout était en boîte !

— Mais il était en boîte !

Je ne me marre pas.

— Ah ! bon…

— Vous savez dresser un couvert ?

— Je sais tout faire.

— Alors, les assiettes sont dans ce meuble !

Le poulet à la crème en boîte n'est pas mauvais, il faut le reconnaître. Vous faites frire des oignons dans du beurre et vous versez le contenu de la boîte dans la casserole pour le chauffer. Cuisine expresse, résultats satisfaisants !

Et consommation au whisky, s'il vous plaît !

Je siffle les deux tiers de la bouteille de scotch que Cecilia m'a fait déboucher. Elle siffle le troisième tiers. Elle en sifflerait un quatrième s'il y avait plus de trois tiers dans un flacon.

Telle qu'elle est, elle est bien partie, et moi aussi.

Je me dis que le moment est venu de lui parler un peu de certaines vieilles coutumes françaises.

Je pose mon verre vide et je la rejoins sur le divan. Elle a posé son coquin petit tablier blanc. Elle a un peu de feu aux pommettes.

Je passe mon bras sur son épaule et je l'attire contre moi. Sa bouche a une consistance qui me plaît. Pas trop ferme et pas molle, pourtant. Elle est fraîche ! Ça vaut tous les dentifrices à la chlorophylle que vous pouvez imaginer !

Sa langue est agile. Bref, tout ce qui est utile en société, elle le possède.

Vous n'auriez pas achevé de lire votre horoscope sur votre hebdomadaire habituel que ce que les vieilles tordues appellent « l'irréparable » est déjà accompli.

On est en route pour le septième ciel, Cecilia et moi. Et de la façon dont nous nous démenons, nous n'allons pas tarder à y parvenir !

Je vous le dis, on fait la pige aux ascenseurs express ! Le terminus est un éblouissement !

## CHAPITRE VII

## ÇA SENT LA POUDRE !

Cecilia n'est peut-être pas la championne du mimi mouillé, mais elle a pour l'amour des dispositions surnaturelles. Je lui fais mon grand jeu : la torpille nippone, le bouquet de violettes, le frisson papou.

Elle fait un cirque du tonnerre. Ses cris sont si perçants qu'à un moment donné je monte l'amplificateur du poste.

Lorsque je la laisse choir, elle est aussi flasque qu'une douzaine de limandes.

Vous parlez d'une séance !… Si jamais je signe pour une tournée à travers l'Europe, ne manquez pas de retenir votre jeton huit jours à l'avance, ça vaut le coup d'œil !

Je lui dépose un gros bécot sur la bouche, un dernier, sans passion, un baiser d'adieu.

— Bonne nuit, Cecilia… Fais de beaux rêves…

Elle a un soupir :

— Vous partez ?

— Oui, je vais à mon hôtel.

— Restez ici…

— Non, j'ai besoin de prendre l'air; après l'amour, l'animal est triste !

Elle est tellement vannée qu'elle ne proteste pas. Je rectifie ma toilette et je quitte l'appartement sur la pointe des pattes.

Dans le couloir, j'aperçois deux mecs à allure bizarre. Je n'y prête pas attention parce que, des mecs à allure bizarre, il y en a plein les rues.

Ces deux-là se dirigent vers l'ascenseur, tout comme moi. Je parviens à leur hauteur et nous formons un petit groupe devant la porte. L'un a appuyé sur le bouton d'appel. Quelques secondes s'écoulent et il ouvre la porte. Je suis un peu surpris, car il l'ouvre sur le vide. Mais je comprends rapidos. L'autre gnace qui, par une rapide manœuvre, est passé derrière moi, me flanque un coup d'épaule pareil à un coup de boutoir. J'ai l'impression d'essuyer la charge de la brigade sauvage ! Ma pensée fonctionne à quinze cents tours-seconde ! Je vois l'immense carré noir de la cage d'ascenseur qui vient à ma rencontre; je tends les bras, mais sans parvenir à agripper quoi que ce soit. Puis, c'est le grand valdingue, en grenouille, dans les profondeurs. Mon subconscient me dit en vitesse que je suis fini. Venir à Chicago pour crever dans un trou, c'est un peu pénible sur les bords, vous ne pensez pas ?

J'ai encore le temps de penser que nous sommes au quatorzième étage. Lorsque j'atterrirai, je serai disloqué comme une poupée de son lorsque douze chiots ont joué avec elle !

Et, presque aussitôt, je sens un choc maison.

Je repose sur une surface plane.

« Bon Dieu ! me dis-je, je n'ai pas descendu quatorze étages. »

Je suis sur le toit de la cabine, indemne. Juste un nerf un tantinet froissé, autant dire le gros miracle.

Je ne bronche pas. J'attends en me disant que mes agresseurs se sont peut-être bien aperçus que la cabine n'était pas au rez-de-chaussée. Mais ils ont fait la valise rapidos à l'autre bout du couloir où se trouve le second ascenseur. Par mesure de sécurité, je laisse s'écouler quatre à cinq minutes que j'emploie à frotter ma cuisse endolorie et à penser à tout ça.

Puis je me souviens que les ascenseurs, ici, sont munis d'une trappe permettant de les évacuer en cas de panne. Reste à savoir comment fonctionne cette trappe ! Je la délimite et je sens une poignée. Je tire. Elle s'ouvre comme la porte d'un meuble de cuisine, car elle est à va-et-vient. Je pénètre donc dans la cabine de la façon la plus aisée qui soit après la grande porte. Puis j'en sors enfin et je m'époussette. Je suis au treizième, c'est-à-dire que je n'ai dégringolé qu'un seul étage. Or, les étages sont courts, ici, et le toit de la cabine est moins dur que du bitume.

Mon ange gardien a traversé l'Atlantique en ma compagnie, c'est un gentil petit mec.

Comme je suis salement écœuré par les ascenseurs, je me tape les treize étages à pince. Pour succéder à une séance d'amour à grand spectacle, c'est un peu beaucoup !

J'ai les flûtes en flanelle de coton en arrivant en bas. Heureusement, un bar me tend les bras.

Je lâche mon mot de passe :

— Double scotch.

Le garçon obéit avec empressement, car j'ai parlé net. Je potasse mon petit lexique et je dis, après avoir vidé mon glass :

— *Again !*

Le barman remet ça et je continue de jouer aux vases communicants. Quatre whiskies dans la bedaine, c'est une bonne compagnie pour un homme dans mon cas.

Je me sens remis à neuf. Je cigle et je sors.

La nuit est bien belle, avec beaucoup d'étoiles au ciel et beaucoup de néons dans les rues.

Je biche un taxi et je lui ordonne de me conduire au *Cyro's*. Tandis que je cherche de la morniflette pour le casquer, une fois arrivé, un crieur de journaux passe, en hurlant. Je ne pige rien à ses cris, mais, en première page du canard qu'il brandit, je reconnais une photo de femme. Elle tient quatre colonnes à la une. Pas moyen de se gourer. J'achète un journal. Ma faible connaissance de la langue anglaise et mon intuition me permettent de lire le titre et le sous-titre :

« *Le Français a frappé une huitième fois ! Une nouvelle taxi-girl est abattue à son domicile.* »

Et, juste dessous, il y a le portrait de la souris que j'ai calcée la nuit d'avant. Elle a l'air vachement vamp, là-dessus. Je me rappelle avoir vu cette photo contre le mur de sa chambre. Elle a été tirée par un photographe spécialisé dans le portrait de pin-up. Ce gars-là, il sait travailler, parole ! C'est le superman du contre-jour. Vous lui refilez une centenaire et il vous en extrait une photo sexy.

Un champion, je vous dis !

Un super-champion !

Cette mort et mon plongeon dans l'ascenseur sont du même tonneau. La pauvre môme a bien été butée à cause du Français, mais, le Français en question, c'est bibi. Le boy-scout de Grane n'a pas été à la hauteur.

Je jette le canard car, ici, ils sont tellement

mahousses, les baveux, que vous ne pouvez pas les cloquer dans votre poche.

Puis j'entre au *Cyro's*.

Maintenant, les lieux me sont familiers. Je fends la foule des danseurs, contourne l'estrade de l'orchestre et pousse la porte du couloir.

Un escogriffe du type argentin, vert comme une olive, avec des rouflaquettes en pointe, s'interpose.

— Seruti, *please !* fais-je sèchement.

Ça ne lui suffit pas, il fait des magnes. Il me barre le couloir en mettant ses ailerons en croix. C'est une fâcheuse idée pour sa gonfle. Un type dont les bras sont écartés appelle pour ainsi dire le crochet du droit à la mâchoire. Je lui mets tout le paquet. Ça fait comme lorsqu'on lâche un sac de noix. Ses chailles jouent la danse macabre. Quant à lui, il se répand sur le tapis.

Je pousse une lourde, la première venue. Elle donne sur un réduit dans lequel sont entreposés des instruments de musique.

Je traîne ma victime par le collet dans ce coinceteau et je lui plonge la tirelire dans une grosse caisse crevée.

Voilà une bonne chose de faite. Il y a longtemps que je n'avais pas billé dans le portrait d'un truand.

Je reviens au couloir et me dirige vers la porte du bureau. J'entre sans frapper. A quoi bon prendre des manières élégantes avec des gens qui sont aussi peu cordiaux ?

Seruti est en train de téléphoner. Il est tourné de profil et ne se donne même pas la peine de regarder de mon côté. Sans doute croit-il qu'il s'agit de son escogriffe ?

Je lui laisse achever sa petite conversation, après quoi je m'assieds sur le coin de son bureau.

Il a un haut-le-corps et me regarde exactement comme si j'étais la réincarnation de Ravaillac.

— Non, Seruti, dis-je doucement, ça n'est pas mon fantôme.

— Que… que voulez-vous ?

— Discuter à cœur ouvert avec toi, mon chéri.

— Mais…

— Non, plus de mais entre nous, trésor.

Je cramponne sa cravate de la main gauche et je la tords, ce qui, illico, le fait devenir écarlate. De la droite, je me mets à lui administrer une kyrielle de beignes sur le museau. Des allers et retours… Je ne m'arrête que lorsque ma main est endolorie. A ce moment-là, il ressemble à un mec qui s'est engueulé avec une douzaine de kangourous. Son pif saigne, ses lèvres éclatées aussi. Il a une paupière fermée et les joues violettes.

Ma main est maculée de sang. Je sors de sa poche le fin mouchoir de soie blanche parfumé et m'essuie après.

Avant de lâcher sa cravate, je cueille son feu dans son holster. Il faut toujours se méfier des réactions d'un lâche. Parfois, il leur vient comme des accès de courage désespéré.

— Ceci, dis-je enfin, n'est qu'une légère mise en train, mon trognon. Je voulais simplement te montrer que je suis décidé à parler net.

« Nous allons donc bavarder en amis. Inutile de tricher, je sais que tes potes ont buté la môme dont je t'ai parlé tantôt. Cette souris a été mise en l'air à cause de moi, elle m'a servi de test. Maintenant, j'ai la preuve que tu es étroitement mêlé à l'affaire des meurtres. Toi et ta bande, vous avez eu peur que la môme ne m'ait parlé. Alors, vous l'avez occise et vous avez voulu me liquider itou pour annuler le coup. Mais on ne bute pas San-Antonio facilement, je suis un dégourdi dans le genre de Raspoutine. Pour m'avoir, faut y mettre le prix ! »

Il est hagard. Son œil unique est injecté de sang. Il me fixe avec terreur.

— J'ai fait exprès de te parler de cette fille, Seruti. C'était un piège, elle me servait d'appât. Je voulais voir si vous aviez quelque chose à cacher. Mon plan était de la faire protéger par la police, mais les flics sont dégourdis comme des manches. C'est malheureux. Mais sa mort m'apprend que j'avais mis dans le mille. Et l'attentat dont j'ai été victime aussi. Maintenant, les brèmes sont abattues, parle !

Il balbutie :

— Je… je ne sais rien…

— Sans blague ! Tu serais amnésique, Seruti ? A ton âge ? T'as reçu un choc ou quoi ? On m'a raconté qu'un nouveau choc rendait parfois la mémoire aux amnésiques, qu'est-ce qu'on risque d'essayer ?

Je lui téléphone un parpin sur la tempe. Il bascule. Je le rebiche au moment où il va s'écrouler.

— Qu'est-ce qui t'arrive ? Tu tombes dans les pommes dès qu'on te parle un peu fort ?

Notez qu'il est toujours assis dans son fauteuil pivotant et que je l'ai admirablement à ma poigne.

— Parle !

— Je ne…

Il n'a pas le temps de finir. Mon crochet du gauche le foudroie nature !

Il part à la renverse, le fauteuil s'incline. Je m'écarte de lui pour le laisser à son évanouissement et me dégourdir un tantinet les tiges.

Je fais quelques mouvements de culture physique élémentaire. Ensuite, je me mets à la recherche d'un flacon de raide. Il est facile à dégauchir, Seruti est assez porté sur le biberon. J'en torche une vaste lampée et je fais couler un peu de liquide corrosif entre les dents du Rital. Il ne tarde pas à pousser un soupir.

Il rouvre son œil valide.

— Alors, fais-je, ce voyage au pays des songes ?

Il a la bouche pâteuse et il claque de la langue difficilement.

Je lui tends la bouteille.

— Tiens, remets-toi !

Il attrape le goulot, boit longuement. Sa glotte monte et descend dans son cou maigre comme un yo-yo.

Et, brusquement, il a une détente. Il lève la bouteille et cherche à me l'abattre sur le dôme. C'est raté, car je suis bien plus haut que lui. Si j'avais été à sa hauteur, j'y allais de mon aubergine !

Je lui arrache la bouteille et je lui file un coup de genou sous le menton.

— Tu es turbulent, Seruti… Ça te perdra.

Il saute comme un chat hors de son fauteuil. Il a l'air bien décidé. Sans que j'aie eu le temps d'intervenir, une lame brille au bout de ses doigts. J'avais un peu oublié qu'il était Rital. Les Ritals naissent avec un ya à la main, la chose est connue !

— Pose ce cure-dents, fiston, ou alors ça va barder pour ta couenne !

Mais il joue son va-tout. Il y a maintenant le fauteuil entre lui et moi. Et, au lieu de me foncer dessus, il recule. J'ai compris, c'est un lanceur. A vingt pas, ils vous plantent une lame dans le cœur aussi facilement que vous sucez une feuille d'artichaut.

Si je ne réagis pas dans la seconde qui vient, il me perce. Son œil me vise soigneusement, sa main est ferme.

Alors, je sors mon feu. Il lève la main, je tire et me jette à plat ventre.

Un sifflement, un cri.

Je me relève ; le couteau vibre dans le bois de la porte, Seruti est affalé sur son bureau avec un gros trou dans la tête.

Ces calibres 45, ça ne pardonne pas.

— Pauvre cocu ! je murmure.

Et c'est de moi que je parle.

Laisser échapper une pareille occase de se mettre au parfum, avouez que c'est sauvagement tartouze. Non ?

Seruti, c'était le témoin n° 1. En m'y prenant bien, j'étais certain de le faire jacter. Les gars comme lui se mettent toujours à table lorsqu'on les invite d'une certaine manière.

Mais, la manière, je ne l'ai pas eue. J'ai tout raté en lui tendant sa bouteille de rye. L'alcool l'a brusquement dopé. Il lui a causé une réaction violente.

J'examine le cadavre.

Seruti est mort comme il n'est pas permis de

l'être. J'ai idée que Maresco ne va pas aimer ça du tout, du tout !

J'entrouvre la porte. La musique fait rage. Personne n'a entendu mon coup de pétard, grâce à l'orchestre et à ses mambos.

Je quitte le bureau et referme la lourde.

Puis je longe le couloir. La salle est en pleine hystérie. C'est très bon, ça. J'enfonce mon bada sur mes yeux et je me mêle à la foule.

Il va y avoir un drôle de pet lorsque le meurtre sera découvert. Mieux vaut que je ne m'éternise pas ici davantage.

En loucedé, je quitte le *Cyro's*.

Comme je vais en franchir le seuil, une pogne s'abat sur mon épaule.

Je sursaute et me retourne. Stumm est là, souriant.

— Alors, monsieur le commissaire, fait-il, cette enquête ?

— Elle se poursuit, dis-je.

— Vous avez fait une petite tournée d'inspection dans la salle ?

— Tout juste.

— Rien à signaler ?

— Rien.

— Vous avez vu que le tueur s'est manifesté une fois de plus ?

— J'ai vu.

— C'est moche.

— Très moche.

Il me regarde et renifle.

— Vous ne trouvez pas que…

— Que quoi ?

— Que ça sent la poudre ?

— Non, dis-je.

Il approche son tarin de moi d'une façon un peu cavalière. J'ai bien envie de le lui ramoner d'un coup de patte, mais je me contiens, mieux vaut stopper le massacre pour l'instant. D'un moment à l'autre, l'escogriffe du réduit va retrouver ses esprits et crier à la garde. Ça me contristerait d'être embarqué dans cette affaire, surtout en ayant sur moi l'arme du crime.

— Oui, continue Stumm, vous sentez la poudre.

— Peut-être parce que j'étais dans une boîte où l'on faisait partir des pétards ?

— Sans doute, dit Stumm, incrédule.

Je porte deux doigts à mon galure.

— *Bye-bye !*

Il a une légère inclination de tête et il devient rêveur. Moi, je les mets !

## CHAPITRE VIII

## GRANE SE DÉGONFLE

La première chose que je fais en arrivant à mon hôtel, c'est de téléphoner à Nord 54 deux fois.

Au préposé qui me répond, je demande à parler à Grane ; il bafouille deux doigts de français, ce qui lui permet de me répondre que le lieutenant n'est pas là.

Je réunis alors toute ma persuasion pour lui dire de mettre la pogne dessus dans le quart d'heure qui vient et de lui dire de me rejoindre toutes affaires cessantes à l'hôtel *Connor*.

Le gars fait O.K. en nasillant et il raccroche.

Moi, je cramponne mon soufflant et je l'enveloppe dans la blague à tabac imperméabilisée que Félicie, ma brave femme de mère, a jugé bon de glisser dans mon bagage. Puis je fais glisser l'engin à l'intérieur de la chasse d'eau des gogues ; de cette façon, si ça tourne mal, le décès de Seruti, je n'aurai au moins pas l'arme du crime sur moi.

Les minutes passent. Je les tue en lichetrognant de petites gorgées de raide. Je les tue si bien que je finis pas m'endormir sur mon divan.

Une vrille dans l'oreille me fait sursauter.

Je mets une double paire de secondes à piger qu'il s'agit de la sonnerie du téléphone.

Vivement, je décroche.

— Allô ?

— M. Grane…

— O.K. ! qu'il grimpe !

Je cours me passer la gueule dans la flotte avant d'ouvrir à Grane. Un coup d'œil à la glace du lavabo me prouve que mon physique n'est pas panoramique. J'ai la tronche boursouflée par le whisky et l'œil jaunâtre, comme un cheval malade.

J'ouvre à l'instant précis où il replie son index pour frapper.

— Entrez vite, dis-je.

Il entre. Je n'avais pas remarqué encore sa démarche sautillante. Il paraît triste et désenchanté.

— Vous connaissez la nouvelle ?… je demande.

— Bien sûr, fait-il, on a tué la fille que vous m'aviez donnée à surveiller.

— Je ne peux pas lire vos putains de journaux. Ça s'est passé comment ?

— Comme d'habitude : en douce. Elle était morte lorsque mon gars s'est amené devant sa porte. C'est une amie à elle qui a découvert le drame.

— Abattue ?

— Deux balles de 38 dans la poitrine. Personne n'a rien entendu.

— Elle tenait le morceau de papier ?

— Oui, mais, cette fois, il était rédigé à la machine à écrire.

— Voyez-vous…

— C'est une indication ?

— Oui.

Il ne me suit pas très bien ; je lui explique :

— Cette fille a été liquidée par la bande à Maresco. Il lui ont foutu le petit billet traditionnel pour laisser entendre qu'il s'agit du même meurtrier. Cela me prouve donc que ça n'est pas eux qui ont tué les autres poules. Si c'était eux, Grane, le billet aurait été écrit à la main.

— A moins que leur stock ne soit épuisé.

Puis, réalisant qu'il est question de Maresco :

— Mais Maresco n'est pas l'auteur des précédents meurtres. Et rien n'indique qu'il soit mêlé à celui-ci.

— Ah ! Vous croyez !

Je me mets alors en devoir de déballer tout le paquet. Je dis à Grane de quelle façon j'ai tendu un piège à Seruti en lui parlant de la pauvre môme et en lui disant qu'elle m'avait fait des confidences. Je retrace l'attentat sur ma personne, sans préciser qu'il a eu lieu dans la maison de sa secrétaire. Enfin, j'en viens à la phase délicate entre toutes : mon explication orageuse avec Seruti.

Ça n'a pas l'air de l'amuser.

— Vous l'avez tué ! s'étrangle-t-il.

— C'était ou lui ou moi.

— Evidemment, mais…

Un peu cloué, Grane ! Il regrette de plus en plus d'avoir appelé un condé français.

Sans doute pense-t-il à Maresco, le grand manitou du pays ! Ça va chauffer pour son avancement.

— Avez-vous l'arme du crime ?

— Je l'ai planquée.

— Où ça ?

Je le lui dis.

Cette fois, il hausse les épaules.

— Prenez-vous les flics d'ici pour des enfants ? murmure-t-il. Une chasse d'eau, c'est le premier endroit où ils vont passer la main.

Je suis assez dépité.

— Donnez-moi votre revolver ! ordonne-t-il.

— C'est que…

— C'est que quoi ?

— Je n'aime pas rester désarmé, surtout dans un

patelin comme celui-là. J'ai l'impression d'être tout nu.

En soupirant, il me tend son feu : un Colt magnifique.

— Prenez celui-ci et donnez-moi l'autre.

Je retourne à la pêche. Je prends la blague, la pose sur le lavabo afin de la faire égoutter, et je lui tends l'arme.

Il la glisse dans sa poche en disant :

— Les balles…

Je récupère mon arsenal et il le glisse dans son autre poche.

— On vous a vu, au *Cyro's* ?

— Je comprends.

— Qui ?

— Votre inspecteur, Stumm.

Grane fait la grimace.

— Je n'aime pas beaucoup ça. Il est malin.

— C'est aussi mon avis. Du reste, il m'a fait remarquer que je sentais la poudre.

— C'est bon, j'aurai une conversation privée avec lui. Je crois, San-Antonio, voyez-vous…

Il se tait.

Je le regarde en plein dans les carreaux et il rougit un peu.

— Vous disiez que vous croyiez, Grane ?

— Je crois que votre venue ici est un pas de clerc. J'entends, de ma part. Vous l'avez dit, le meurtrier n'est probablement pas français. Ici, nous avons des méthodes… à part. Nous devons, hélas ! tenir compte de certaines influences… occultes…

— Bref, fais-je, vous n'avez que faire de ma bonne vieille psychologie. Vous voulez rester entre vous dans vos meurtres, n'est-ce pas ?… Vous me trouvez un peu turbulent, hein ?

Il ne répond pas.

— Ecoutez, Grane, dis-je en lui prenant le bras, je suis certain que vous êtes un honnête homme et un brave type. Vous souffrez de cet état de choses et, en votre for intérieur, vous aimeriez que la lumière éclate. Eh bien ! écoutez-moi : elle se fera ou j'y laisserai ma peau. Si vous me connaissiez, vous sauriez qu'on ne m'intimide pas facilement. Tout ce que je vous demande, c'est de me laisser aller de l'avant. Si vous craignez pour votre situation, rompons les ponts.

Il hésite.

— Vous êtes très courageux, fait-il, seulement, vous ne pouvez comprendre en quelques heures nos mœurs. Il y a des puissances…

— Occultes, vous l'avez dit.

— Des puissances d'argent influentes. C'est ainsi. Je ne critique pas notre régime, il en vaut beaucoup d'autres. Il suffit seulement de comprendre le système et de savoir s'y intégrer.

— Bref, de laisser faire, de la boucler lorsque des Maresco font les gros yeux.

— En somme, oui.

— Bien. Moi, je ne suis pas un gars d'ici. J'ai un passeport en règle et un permis de séjour en bonne et due forme. Je peux donc voir venir.

— A condition de ne pas vous servir à tort et à travers de ce joujou, objecte Grane en tapotant sa poche.

— Je ferai attention. Vous me blanchissez pour cette fois ?

— C'est la dernière, San-Antonio. Vous voilà prévenu.

Il se lève.

— Ici, lorsqu'on s'obstine dans la voie que vous prenez, on se retrouve à la morgue avant d'avoir compris ce qui vous arrive !

Je le chope par le colback.

— Grane, vous commencez à fienter dans mes bottes ! Moi, j'étais à Paris, peinard. Je faisais mon boulot gentiment et je me foutais de vos gangsters et de vos tueurs. Qui a demandé le concours d'un collègue français… pour l'étude « psychologique » du cas ? Ça faisait joli, pour la presse. Non ? Je parie que c'est vous qui avez alerté les reporters !… Cela détournait la rage du populo. Il est docile, le populo, il regarde le lapin qu'on lui désigne. Avouez que c'est vous, Grane ?

Il hausse les épaules.

— Ce sont mes chefs, oui. En effet, le public est mécontent de notre « incapacité ». Ici, il faut du nouveau. L'Amérique est le pays où l'actualité a le plus besoin de se renouveler. Je n'y peux rien, et vous non plus !

— Bravo !

Je rengaine ma fureur.

— N'empêche que j'ai fait des milliers de kilomètres pour venir jouer les divertissements. Eh bien non ! Je me pique au jeu. Le policier français venu pourchasser le criminel français fera son boulot.

Il est pâlot, le frangin.

— Très bien, fait-il, mes vœux vous accompagnent, San-Antonio.

Il hésite, puis me serre la main.

— A un de ces jours, dis-je.

*
* *

Maintenant, me voilà face à face avec bibi. C'est un tête-à-tête qui en vaut un autre, après tout !

Comme on dit dans notre doulce France, je dois prendre mes responsabilités. En somme, c'est un gentlemen's agreement que nous venons de conclure, Grane et moi.

Il éponge le meurtre de Seruti, mais, en revanche, il se déculotte pour l'avenir. A partir de maintenant, je ne peux plus compter sur lui.

Je dénoue ma cravate et je vais à la fenêtre. La ville immense est étalée autour de moi. Je la sens qui grouille, hostile, avec ses assassins, ses filles, ses flics effrayés.

Dire que je me fendais le parapluie lorsque je voyais ça au ciné !

Je baisse le store et commence à me déloquer. Je revêts un bath pyjama de soie bleue qu'une greluche de la Garenne-Bezons m'a offert.

Il se boutonne sur l'épaule, à la russe.

Là-dedans, j'ai l'impression d'être un officier du tsar en exil ! L'exil ! C'est un drôle de machin !

Je consulte ma tocante. Elle annonce timidement deux heures du mat'.

Allons, la journée a encore été rude. Le sommeil va me rebecqueter. M'est avis que demain matin j'y verrai plus clair et que je pourrai statuer sur mon cas d'une façon précise.

Je vide un dernier petit godet et je me fous au plumard.

La fatigue m'enveloppe comme un drap de crin.

Et Paris tournique au fond de mon cerveau comme un bouchon dans un remous.

Oui, je suis groggy. L'amour, la bagarre, les chutes dans les cages d'ascenseur, au fond, ça délabre.

J'éteins.

Avant de sombrer, je parodie un peu Turenne.

« Repose-toi, carcasse, murmuré-je. Et n'aie pas les chocottes, si tu savais où je vais t'emmener promener tout à l'heure, tu les aurais à zéro. »

## CHAPITRE IX

## JE RENDS MES BILLES

Le grésillement du téléphone. J'ouvre les yeux. A travers les stores filtre un beau soleil des familles.

Je bigle ma montre avant de décrocher. Elle annonce huit heures.

Ça n'est pas une heure pour rendre visite à un honnête citoyen. A moins que les visiteurs ne soient des bourdilles. Qui sait, peut-être Grane n'a-t-il pas tenu parole ? Peut-être m'a-t-il laissé choir comme une vieille chaussette hors d'usage ?

Ce serait farce si je me tapais dix berges de mitard pour l'assassinat de Seruti.

Je décroche. Le portier de jour qui parle un solide français me dit :

— M. Maresco voudrait vous voir.

Je me frotte les châsses.

— Qui ?

— M. Maresco.

Et il prononce ce nom avec ferveur, comme s'il s'agissait de la reine d'Angleterre.

— A quelle heure propose-t-il un rendez-vous ? demandé-je.

Le portier distille des points d'interrogation et de suspension alternés.

— Mais, bredouille-t-il, IL EST LÀ !

Du coup, j'en avale ma salive de traviole.

Maresco s'est dérangé en personne !

— C'est bon, qu'il monte.

Je passe une robe de chambre en tissu-éponge à motifs compliqués. Puis je sors mon soufflant de mon holster et je le glisse sous un coussin, à portée de la main.

Un petit heurt discret à la porte.

Je vais ouvrir.

Il est là, en effet. Je l'avais imaginé encadré d'armoires à gueules de boxers ; mais il est seul. Nippé comme un dandy. Costume gris perle, chemise blanche, cravate bleu foncé.

Il a un parfum délicat, frais comme un bouquet de fiançailles.

Il me regarde d'un air neutre.

— Bonjour, murmure-t-il.

— Salut, Maresco, fais-je. Vous êtes rudement matinal, dites donc. Il est vrai que, dans ce putain de pays, le temps c'est de l'argent, dit-on. Eh bien, entrez.

Il entre, inspecte brièvement ma chambre.

— Asseyez-vous.

— Inutile, merci.

— Vous voulez boire un drink ?

— Je ne bois pas beaucoup.

— En ce cas, que puis-je faire pour vous être agréable ?

— Peu de chose, fait-il.

Je remarque alors qu'il tient un petit paquet à la main. Il le déplie. Le pacson contient une importante liasse de bank-notes.

— Joli… fais-je sans m'émouvoir. Vous l'avez trouvé ?

— Non… mais c'est peut-être vous qui allez le trouver sur votre oreiller.

— Sans blague ?

— Oui.

— Et, pour ça, il faudrait faire quoi ?… Peindre la lune au minium ?

— Non, aller voir comment se porte Paris.

Je le regarde dans les yeux. Ses châsses sont petits, avec des éclats métalliques.

— Hum ! je vois… Je vous gêne ?

— Justement, c'est le mot qui convient.

— Et vous me demandez d'aller plus loin. Vous

m'offrez combien pour que je prenne le chemin du retour ?

— Dix mille dollars !

— La prime offerte pour la capture du criminel, en somme ?

— En somme, oui.

— C'est beaucoup.

— N'est-ce pas ?

— Je dois être très gênant ?

— Très.

— Je croyais que vous aviez envisagé une solution plus expéditive, cette nuit ? Un coup d'épaule ! Si j'avais dégringolé les quatorze étages, je vous faisais réaliser une sérieuse économie. Non ?

— Cette solution n'est pas de moi. Elle était de Seruti. Il s'était donné peur en vous voyant mettre le nez dans ses affaires. Moi, je ne me résous à ces solutions-là qu'en dernier ressort. C'est ce qui a fait ma force jusqu'à présent. J'agis toujours en deux temps : premièrement, j'estime qu'il est plus agréable de s'entendre avec du fric. Neuf fois et demie sur dix, ça marche. Si ça ne peut s'arranger de la sorte, alors, bien sûr…

Il replie lentement le pognon.

— Vous avez un très bon avion dans une heure. Vous avez le temps.

— Il n'y a peut-être plus de place.

— Il y a toujours de la place dans un avion lorsque je téléphone à l'aéroport. Dix mille dollars, en France, c'est une somme.

— Cinq briques !

— Vous allez vous acheter quoi, avec ça ?

J'éclate de rire.

— Maresco, vous me faites penser à un jeu radiophonique de chez nous. On pose des questions à un type, s'il répond juste, il palpe de l'oseille. Ensuite, on lui demande ce qu'il compte faire du grisbi !

— Acceptez-vous, oui ou non ?

— Jusqu'ici, je ne me suis jamais vendu.

— Aux Etats-Unis, tout est à vendre !

— Le cours du flic est élevé ?

— Cela dépend.

— En somme, je n'ai pas à me plaindre ? fais-je en désignant le paquet.

— C'est à vous de juger.

Je secoue la tête.

— Non, décidément, même dans ce pays, je désire rester incorruptible. Lorsqu'une sale habitude est prise, voyez-vous…

Il ne bronche pas.

— Vous savez que, si vous êtes encore à Chicago dans une heure, vous terminerez sûrement la journée à la morgue !

— C'est une menace ?

— Mais non, un simple pressentiment.

— Vous êtes doué ?

— A mes heures. Je lis l'avenir de certaines personnes. Pour vous, je vois un avion ou un ange. L'ange vous emporte beaucoup plus loin que l'avion.

Il ne plaisante pas. Je m'y connais en types. Celui-là, figurez-vous, n'est pas une mazette. Il est calme, froid. C'est un bonhomme qui a l'habitude d'être obéi, tout le monde doit céder devant lui d'une façon ou d'une autre. Il a tous les atouts dans sa manche : le fric, des hommes de main et… la police. Cette visite succédant à celle de Grane me prouve que je suis foutu si je ne cède pas.

Après tout, on n'a qu'une peau. Je veux bien la risquer pour le gouvernement de mon pays, puisqu'il me paie pour ça… mais je serais un drôle de gland si je me faisais buter par entêtement.

Il me laisse réfléchir à loisir. Au fond, il pige bien la situation.

— O.K. ! Maresco, dis-je. Puisque vous le prenez sur ce ton, je rends mes billes.

Il sourit.

— Ça n'est pas pour le fric. Gardez-le, je ne bouffe pas de ce bread-là. Je suis un con à l'ancienne mode, un de ces bons vieux cons comme on n'en fait plus qu'en Europe, Maresco. L'Europe, le temps ne vous en dure pas ?

Il lisse ses cheveux grisonnants.

— Il n'y a pas d'Europe, dit-il. Il y a partout des gens à briser et de l'argent à empocher. Tout le reste, c'est pour les poètes.

— Vous permettez que je note ça sur mon carnet ?

— Alors, vous partez ?

— Je pars... Je cède à la menace. Dans ce putain de bled, je n'ai pas d'armes pour lutter. Mais croyez que je regrette. Je serais parvenu à élucider le mystère des taxi-girls assassinées. Car, pour moi, c'est un mystère. Je sais qu'elles n'ont pas été butées sur votre ordre, mais je sais aussi que vous tenez à ce que le criminel ne soit pas arrêté. C'est assez marrant, au fond. Et vous, sachant que je sais cela, vous préférez me voir de l'autre côté de l'océan Atlantique. Dans un sens, vous êtes fair-play.

Il lisse ses cheveux. C'est son tic favori.

— D'où vient que vous soyez seul, Maresco ? Je pensais qu'un homme comme vous ne se déplaçait pas sans ses petits camarades aux larges épaules ?

— Ils sont en bas, dans la voiture. J'ai pensé qu'ils auraient été de trop.

Psychologue, le bonhomme.

Il savait bien que j'aurais joué les casseurs devant ses gorilles.

— O.K. ! dis-je, pour utiliser le jargon local, brisons là. Si vous voulez que je prenne l'avion en question, il faudrait peut-être que je fasse ma valise. Non ?

— Parfait, je vous laisse.

Il pose son paquet de blé sur la table.

— Prenez ça, à titre de dommages et intérêts pour l'histoire de cette nuit.

Je vais pour protester, mais il me sourit, avec presque de la bienveillance, comme un vieux monsieur sourit à un gars plein d'ardeur.

Après tout, dix mille dollars, ça vaut mieux qu'un coup de pied dans le prose.

J'ai un léger hochement de tête qui ne veut pas être un merci.

Il est sorti.

Je regarde la porte. Puis je décroche le téléphone et je demande Nord 54-54.

C'est Cecilia qui me répond.

— Mon amour ! s'écrie-t-elle.

— D'après ce que jc vois, vous êtcs sculc ? dis-je.

— Oui.

— Je vous fais mes adieux, cher ange.

— Comment ?

— De la façon la plus sommaire qui soit, c'est-à-dire par téléphone !

Elle pousse un cri.

— Ignorez-vous que Grane me l'a demandé ?

— Il vous a demandé d'abandonner ?

— Oui. Il paraît que j'ai l'esprit trop « fouinasseur », comme dit ma brave femme de mère. Je commence à incommoder vos services. D'autre part, c'est aussi l'avis de Maresco qui sort de ma chambre à l'instant.

— Maresco est allé vous voir ?

— Ça vous épate, hein ?

— Mon Dieu…

— Il m'a mis le marché en main : retour au bercail ou aller simple chez saint Pierre. Etant donné que Grane me laisse glander, je ne puis prétendre déclarer la guerre à Maresco. Alors, je file. Ça n'est pas reluisant, mais il existe des circonstances particulières. Ne croyez-vous pas ?

Elle soupire.

— C'est affreux, Tony.

— Oui, la séparation est si brutale. Je vous écrirai sitôt arrivé, Cecilia. Promettez-moi que vous passerez vos prochaines vacances en France.

— C'est juré.

Serments d'amoureux. Au fond, nous n'y croyons ni l'un ni l'autre, mais nous jouons le jeu parce que, dans certains cas, on ne peut procéder autrement.

— Eh bien ! bon voyage, Tony !

— Bons gangsters, Cecilia.

Elle a un petit rire fêlé.

— Toujours le mot pour rire.

Elle imite un bruit de baiser. Ça me chatouille le tympan.

Je le lui rends et je raccroche.

Me voici libéré sur le chapitre des convenances. J'avertis l'hôtel qu'on me prépare ma note illico. Puis je me change à toute allure.

Trente minutes plus tard, je débarque à l'aéroport.

Comme je m'approche des guichets, un grand zig à l'air pas du tout avenant me frappe sur l'épaule.

Il me semble le reconnaître, ce vilain oiseau. C'est un des pieds nickelés de Maresco.

Il est grand, large, avec le menton proéminent et un chapeau qui pourrait servir de parasol à un patronage en vacances. Il me tend un billet d'avion. Puis, il me fait signe de le suivre sur l'aire de départ.

Mon avion est là, étincelant au soleil matinal. Il fait un temps magnifique, le ciel est pur, uni, bien bleu. Les voyageurs escaladent l'escalier roulant. Les employés en combinaison blanche à liséré bleu s'occupent des bagages.

Le costaud me salue d'une façon on ne peut plus désinvolte. Mais, au lieu de partir, il se contente de faire un pas en arrière et d'attendre.

Décidément, Maresco est un homme organisé. Il

ne laisse rien au hasard. Il veut être bien certain que j'ai vidé les lieux.

Je remplis mes poumons de l'air pollué de Chicago. Lentement, j'escalade le praticable. Une gracieuse hôtesse me prend en charge et me conduit à un fauteuil, en queue de l'avion.

Cinq minutes plus tard, les moteurs se mettent à gronder. Nous décollons.

# DEUXIÈME PARTIE

# LES MECS D'AILLEURS PARLENT ANGLAIS

# CHAPITRE X

# MON INTERPRÈTE !

Jamais je n'ai voyagé à bord d'un appareil aussi luxueux, aussi confortable.

Les fauteuils sont tellement moelleux que l'on a l'impression d'être étendu sur un nuage. Le whisky servi par l'hôtesse est fameux et l'hôtesse est gironde. En prenant le glass qu'elle me tend, je lui chope le bout des doigts, ce qui paraît l'amuser. M'est avis que cette souris a contracté de mauvaises habitudes à force de vadrouiller à deux mille mètres, cela lui a collé l'envie de s'envoyer en l'air.

Je suis tout mou, tout plein de laisse-moi-tranquille. Et, pourtant, sous mon chapiteau, y a un de ces numéros de cirque dont vous ne pouvez pas vous faire une idée !

Franchement, j'ai l'impression d'être malade, très malade.

J'ai beau essayer de gamberger à autre chose,

toujours mes pensées viennent percuter le même butoir.

« San-Antonio, me dis-je, tu n'es qu'un sale dégonflé. T'as les jetons dès qu'un seigneur fait les gros yeux. Tu t'es laissé posséder par les Ricains, par leur police d'abord, qui a voulu se servir de toi comme produit d'entretien : la machine à faire reluire l'opinion publique. Et tu t'es laissé posséder aussi par ses truands. »

Vraiment, ça devient intenable.

« Dégonflé ! Dégonflé ! T'es tout juste bon à servir de tête de lard dans un jeu de massacre à la foire du Trône.

« Tu viens d'abdiquer pour la première fois de ta carrière. Tu sucres les fraises comme une pauvre cloche que t'es ! T'es fini avant d'avoir vraiment commencé. Mort à la fleur de l'âge comme une fleur de nave ! »

— Un autre whisky ! fais-je à l'hôtesse.

Vous croyez peut-être que l'alcool me calme ?

Va te faire foutre ! Il m'énerve, au contraire. Il me rend fébrile.

Grane, Maresco…

Deux beaux spécimens ! Ils m'ont eu, l'un et l'autre. Tout ce que j'ai réussi à faire, c'est d'allonger un sous-fifre du caïd et de calcer la secrétaire du flic. Maigrichonne, la revanche !

Je fais claquer mes doigts.

Et j'ai les poches pleines d'artiche ! Moi, San-Antonio, j'ai empoché les fafs d'une crapule. On m'a eu pour quelques morceaux de papier !

Ah ! non, je vous le jure !

Au fur et à mesure que je m'éloigne de Chicago, ma rancœur contre moi-même se fait plus âpre !

Ça devient cuisant !

— Dites donc, fais-je à l'hôtesse, où faisons-nous escale avant New York ?

— Cleveland.

— Combien d'arrêt ?

— Vingt minutes.

— On peut se dégourdir les jambes ?

— Pourquoi pas ?

— Il y a un bon bar à l'aéroport ?

— Sûr.

Je fais un petit signe d'acquiescement et je me tasse sur mon fauteuil-nuage.

Le petit lutin qui habite mon subconscient – j'ai dû vous en parler par ailleurs, de ce tordu – émet un léger ricanement.

« Alors, San-Antonio, le champion, gazouille-t-il, on a envie de faire une couennerie, pas vrai ? On est peinard, les poches bourrées, on va retrouver Paname, sa vieille maman, sa petite amie, son bistrot. Mais ça ne suffit pas, hé ? »

« Ta hure ! » je lui crie intérieurement.

Il rigole et la ferme.

L'avion se met à décrire un vaste viron, puis il pique du pif. Je bigle par le hublot. Tout en bas, sur la planète Terre, je bigle un terrain d'aviation. Des appareils sont posés, des hommes s'activent.

— Cleveland ! annonce l'hôtesse.

Le signal vert s'allume pour les ceintures. Un instant après, le pilote nous pose sur le pré avec une infinie douceur…

Je descends du zinc. Mes tempes cognent à se rompre.

J'ai vingt minutes pour me décider.

Je marche en direction du bar. J'en commande un double, c'est toujours comme ça qu'il faut pratiquer avant de prendre une décision héroïque.

« Que fais-je ? »

Je serre mes poings, mes doigts font des nœuds.

Tonnerre, c'est la pommade ! Pas moyen de se décider. Et, soudain, j'éclate de rire. Il s'agit d'être franco vis-à-vis de moi. Du moment que j'hésite, c'est que ma décision est prise.

Tant pis pour mes bagages. Et, du reste, c'est encombrant. J'ai le paquet d'artiche que m'a refilé Maresco. Avec ça, je peux voir venir !

Je cigle mes consos et je file aux toilettes. Là, j'allume une sèche. Je la fume doucement, le regard perdu sur un distributeur de papier hygiénique. Lorsqu'elle est achevée, j'en allume une autre.

Des haut-parleurs aboient. Des moteurs vrombissent. J'attends, l'œil toujours perdu. Puis je quitte ce petit endroit.

Il fait plus beau encore qu'à Chi... A la place où se trouvait mon coucou, il n'y a plus qu'un praticable que des hommes en combinaison roulent en direction d'un hangar. Un point argenté dans le ciel.

Je pousse un soupir tellement copieux qu'il fait frissonner l'herbe rase.

« Maintenant, tu l'as voulu, mon bonhomme, me dis-je. C'est à toi de jouer, planque tes pinceaux ! »

*
* *

Vers le milieu de l'après-midi, je descends du train de luxe à South Bend, une assez grande ville à l'est de Chicago.

Je débarque, les mains aux poches. Pourtant, en cours de route, j'ai eu le temps de réfléchir et de dresser mon plan d'attaque !

J'entre dans un grand magasin de confection et je m'offre des fringues ahurissantes : un costard verdâtre, une chemise mauve, une cravate jaune. Un chapeau imperméable bis, avec une bordure blanche. Une fois fringué, on dirait que je vais tourner un film. Je ressemble à un Sud-Américain moyen. Une paire de lunettes noires sans monture et vous ne reconnaîtriez plus votre vieux San-Antonio.

En quittant le marchand de loques, je gagne un garage où on vend des tires d'occase. Je m'offre une vieille Bentley assortie à mon costume, avec des housses de cuir et un volant chromé.

Comment que je te les fais valser, les pions du vieux Maresco !

Le garagiste m'explique le maniement de l'autobus. C'est d'un facile ! Vitesse automatique. Cette guinde, rien que de penser à elle, ça suffit à la faire fonctionner.

Au volant de ça, je me sens un autre homme. Dommage que je ne puisse pas rentrer ce toboggan en France ; c'est pour le coup que les potes ouvriraient des châsses grands comme des gobe-mouches !

Je me lance sur la route de Chicago. Seulement, comme dans ce pays la vitesse est limitée, je ne peux faire grimper l'aiguille du compteur à ma convenance. Force m'est donc de rouler à une allure de père de famille. Au moins, ça autorise la méditation !

Je me dis que la première chose à faire, c'est de m'occuper de Maresco. Voilà un type qui détient un secret. Et ce secret, je vous parie une jambe articulée contre un séjour en Floride qu'il a trait aux meurtres des souris.

Seulement, le gros hic est le suivant : comment puis-je m'occuper du vieux Rital étant donné que je ne parle pas l'anglais et que je ne bénéficie plus de la protection de la police ?

Une enquête dans ces conditions est pratiquement impossible, et pourtant c'est à cet impossible-là que je m'attaque. Je n'ai pour moi qu'une chose : du fric… C'est un bon interprète. Je suis bien décidé à le faire fonctionner au maximum.

J'en suis là de mes réflexions lorsque j'avise, en bordure de la route, un petit gars qui fait du stop. C'est un touriste : sac tyrolien, short, jambes sales. Vous voyez le topo ?

Il n'a pas vingt ans. Il est blond, joufflu, il a des taches de rousseur plein la trogne. Je le détaille, car je viens de stopper. Il me sort un baratin sans doute pour me demander de le charger. Comme il vient de prononcer le mot « Chicago », je dis « *yes, come in* », et je lui ouvre la portière.

Il se perd en remerciements. Il balance son sac tyrolien à la volée, derrière le paquebot, puis il s'installe.

Il essaie de tailler une bavette.

— *I do not speak english !* fais-je.

Il interroge :

— *Spanish ?*

Evidemment, avec mon complet vert pomme, on pense tout de suite à ça.

— *No, French...*

— Comment ! s'écrie-t-il avec un accent traînant, vous êtes français ?

— Tu parles, Charles !

— Je suis belge ! s'écrie-t-il.

Je fais un saut de joie qui manque nous foutre dans le fossé.

— T'es belge !

Vue d'ici, la Belgique, c'est comme qui dirait la petite banlieue de Pantruche.

— Oui, dit-il, je suis de Namur. Je fais mes études à Bruxelles. Pour mes vacances, j'ai décidé de visiter les Etats-Unis en stop. J'ai pris à Anvers un bateau en stop, et j'arrive à New York ! Je voudrais essayer de gagner San Francisco de cette façon. Puis de faire un crochet par le Mexique. Si je réussis, j'écrirai mon odyssée pour un journal belge.

Je sens une bouffée d'allégresse qui m'inonde.

— Belge ! M..., autant dire presque Français. Serre-en cinq !

Je lui tends la pogne, il me broie les phalanges ! Il me plaît, ce petit gars. Il est sain, gonflé, épatant. Bref, moi avec quinze piges de moins !

En toute modestie, bien entendu.

Il me parle de ses ressources qui sont chétives : en tout et pour tout, il possède une centaine de dollars. Mais il a confiance, tout se passera bien. Il parle, il parle… Il se raconte : il a vécu à Paris en étant mouflet, son vieux marnait à l'ambassade comme gratte-papier. Il a voyagé à travers l'Europe. Il est heureux de vivre et fier de son âme de coureur de grands chemins.

— Et vous, demande-t-il enfin, vous habitez les U.S.A. ?

— Non.

— Touriste ?

J'hésite.

En moi s'agglomèrent des petits bouts d'idées.

— Non, je travaille.

— Représentant ?

— En quelque sorte, je représente la police française.

— Pas possible ?

— Si…

Comme je le sens sceptique, je lui tends mon portefeuille ouvert sur ma carte d'identité.

— Sans blague, vous êtes commissaire ?

— Tout juste. Je suis ici pour mettre au net une affaire à laquelle un Français serait soi-disant mêlé. Mais Chicago est le pays des caïds ; ceux-ci n'aiment pas qu'on s'occupe d'eux. Bref, j'ai fait semblant de les mettre. Et, maintenant, je reviens incognito. Un seul handicap : je ne connais pas l'anglais. C'est moche !

Il rougit.

— Si je pouvais vous rendre service, murmure-t-il timidement.

Je lui pose la main sur l'épaule.

— Figure-toi que j'étais en train d'y songer, justement. Ecoute, on va faire un marché. Je t'engage comme interprète pour deux ou trois jours. Ça te permettra de visiter Chicago. Tu verras, c'est une sacrée ville ! Comme dédommagement, je te filerai mille dollars !

Il bredouille.

— Co… comment ?…

— Mille dollars ; ainsi, tu pourras faire ton viron en pullman comme un pape. Ça te botte ?

— Bien sûr, dit-il, mais c'est trop.

— Fais pas la bête. Il ne faut jamais refuser les présents du ciel. Alors, d'accord ?

— Bien sûr !

— Tiens, voilà cent dollars pour sceller le marché. Comment t'appelles-tu ?

— Robert Dauwel.

— Moi, c'est San-Antonio. Tu peux me tutoyer.

*
* *

Nous nous arrêtons afin de casser une graine dans une cafétéria sur la route. Puis nous fonçons sur Chicago qui est tout proche.

Il fait encore grand jour lorsque nous y parvenons. Je décide de déplacer mon P.C. par rapport à mon précédent débarquement.

C'est-à-dire qu'au lieu de m'installer dans le centre de la ville, je débarque dans le sud de la cité.

Robert et moi descendons dans le même hôtel, une boîte de troisième ordre. Je m'inscris sous un nom d'emprunt et je me donne comme étant de nationalité belge.

— Dis donc, gamin, tu n'as pas un autre déguisement, dans ton sac ? Je me propose de rendre certaines petites visites et tu ne peux pas te présenter chez les gens fringué en boy-scout !

— J'ai un pantalon et un blouson de daim.

— Parfait. Prends une douche, comme moi, et viens me retrouver. Et surtout, la ferme quant à ma profession, hein ?

— N'ayez pas peur, commissaire.

*
* *

Lorsqu'il réapparaît, je l'examine avec satisfaction.

Il est bien comme ça. Bénard gris foncé, chemise blanche, foulard, blouson, mocassins de cuir. Il ressemble à ce qu'il est, c'est-à-dire à un brave petit étudiant en vadrouille.

— Que faisons-nous ? s'inquiète-t-il, frémissant comme un œuf en gelée.

— Voilà, des taxi-girls ont été assassinées. J'aimerais rendre visite à leurs logeurs ou à leurs voisins. J'ai des questions à poser. Je te les dirai au fur et à mesure. Partout, tu nous présenteras de la façon suivante : moi, je suis un vieil ami belge de la fille défunte. J'ai appris que la petite est morte et je voudrais des détails. Tu es mon cousin. Tu me sers d'interprète. Vu ?

— Vu !

— Tu peux ajouter des variantes, si tu veux. L'essentiel est que nous n'éveillions pas la méfiance des gens interrogés. Autre chose : dis tout de suite que je suis prêt à dédommager ceux qui ont des choses intéressantes à raconter. Tu piges ?

— D'accord...

Il a les yeux brillants. Faut dire que c'est formidable pour un adolescent de se mettre à jouer les inspecteurs à Chicago. Il va en avoir long à raconter, Robert, lorsqu'il écrira ses mémoires pour le bulletin des écoliers.

J'extrais de ma poche intérieure les feuillets contenant le résumé de l'affaire du « Français ».

C'est à ces détails que je comprends que ma décision était prise avant même que je grimpe dans l'avion.

Si j'avais eu un seul instant l'intention de laisser choir Chicago, j'aurais commencé par foutre ces paperasses en l'air. Non ? Au lieu de ça, je les ai soigneusement pliées en quatre et rangées avec les fafes dans mes profondes. Histoire de les avoir sous la main.

Non, voyez-vous, les mecs, il ne faut pas essayer de tricher avec soi-même !

C'est pas correct. C'est s'abaisser… Se prendre pour un tocasson !

Je parcours les papzingues à toute pompe.

Il y a sept noms, là-dessus. Sept noms qui ne me disent absolument rien. Par quel bout commencer ?

Je m'en remets à l'ordre alphabétique. La souris qui vient en tête dans cet ordre-là s'appelait Molly Dayton, vingt-six ans… Elle créchait 117, Peterson Avenue, et elle a été farcie d'une balle dans la nuque.

J'achète à la brave dame de la réception un plan de la ville et je me mets à chercher Peterson Avenue.

## CHAPITRE XI

## UN CLERGYMAN…
## ET DES BOUQUINS

Molly Dayton, si elle est première dans l'ordre alphabétique, est la troisième dans l'ordre des décès.

Elle créchait dans un immeuble assez bien, quoiqu'un peu désuet. La taule est une espèce de pension de famille… Une pension de famille où les pensionnaires ne seraient pas nourris.

Mrs. Morton, la taulière, nous explique qu'elle n'assure que le petit déjeuner à ses gens.

Elle, c'est une vioque de soixante carats, avec des deuils plein son passé, des poils plein son menton et des filets de vinaigre plein sa voix.

Elle paraît accepter le truc du vieux copain qui désire tous les détails. Par le truchement de Robert, la conversation s'engage donc.

Au début, c'est un peu réticent, mais ensuite (dès

que j'ai posé un billet de dix dollars sur sa table) ça devient plus nourri.

J'apprends donc que Molly était une petite blonde gentillette qui gagnait largement sa vie, à en juger par le nombre de ses toilettes, de ses bijoux et sa voiture sport.

Pour une taxi-girl, ça me paraît extravagant.

— Elle a été tuée ici ?

— Oui, dans sa chambre.

— Elle ramenait des hommes ?

— Je ne voulais pas, bien entendu. Mais, comme elle rentrait très tard, je ne pouvais pas vérifier, n'est-ce pas ?

Robert Dauwel traduit très vite, très bien, en mettant jusqu'à l'intonation.

Ce que je vois là-dedans, c'est que la vioque essaie de cacher la crotte au chat ! Elle tolérait fort bien que sa pensionnaire rentre des hommes, car elle devait se faire graisser la patte pour fermer les yeux.

— Avait-elle un ami attitré ?

— Non.

— Des relations ?

Je crois remarquer une hésitation.

— Dis à cette brave dame que, si la mémoire lui revient, je lui refilerai un billet de mieux.

J'attends que mon indication soit parvenue à bon

port. Je découvre un éclat de convoitise dans le regard de Mrs. Morton.

— Je crois, fait-elle, qu'un monsieur venait la voir assez souvent. Mais il s'agissait certainement d'une relation d'affaires. Il restait fort peu de temps. Il avait un livre à la main… et il le laissait à la petite. Oui, une relation d'affaires.

— A quoi ressemblait-il, ce monsieur ?

— Il était grand, maigre, entre deux âges. Il ressemblait à un clergyman.

— Est-il venu ici la nuit où la petite est morte ?

— Je ne l'ai pas vu.

— Avez-vous vu quelqu'un ?

— Non.

— Entendu quelque chose ?

— Personne n'a rien entendu. Vous pouvez interroger mes autres locataires.

— Pourtant, elle a été tuée d'un coup de feu ?

— La police prétend que le revolver était muni d'un silencieux.

— Avez-vous parlé de cet homme à la police ?

— Non.

— Pourquoi ?

— Parce que j'ai assez d'ennuis avec ça sans aller compliquer encore les choses.

— Est-il possible de sortir de chez vous la nuit ?

— Oui, chacun de mes pensionnaires possède une clef de la porte d'entrée.

— A-t-on retrouvé la clef de Molly ?

— Oui. Mais le meurtrier avait dû entrer avec elle et veiller à ce que la porte ne soit pas fermée complètement. C'est du moins ce qu'ont dit les inspecteurs.

Je danse d'un pied sur l'autre.

— Ça va, merci. Excusez le dérangement.

— Y a pas de mal.

Non, en effet, y a pas de mal, pas trop pour vingt dollars. Elle doit se dire que c'est de l'osier vite gagné.

— Je peux jeter un coup d'œil à la chambre qu'elle occupait ?

— Si vous voulez.

Elle nous guide à une gentille piaule luxueusement meublée.

— Le mobilier appartenait à Molly, dit-elle. J'attends que sa famille le fasse enlever. C'est bien ennuyeux, car je ne peux pas louer en attendant et, pourtant, j'ai besoin de vivre. Voyez, elle était là, en travers du lit, à plat ventre. C'est la femme de peine qui l'a découverte.

J'inspecte la chambre. Du moderne cossu. Un poste de télé, un de radio, des objets de mauvais goût, mais coûteux. Sur les murs, des tableaux qui flanqueraient de l'urticaire à Picasso. Et quelques publications d'amour à vingt-cinq cents.

— C'était ça, les lectures offertes par le clergyman ?

— Oh ! non, il apportait de beaux livres reliés.

— Où sont-ils ?

— Je l'ignore. Sans doute Molly les a-t-elle donnés à des amies à elle ? Donnés ou prêtés…

— On peut parler à la femme de peine ?

— Facile !… Violet ! Vio-let ! crie la vieille femme de sa voix qui écorcherait le tympan d'un sourdingue.

Une morue de cent dix kilos s'annonce en soufflant comme une baleine.

La mère Morton lui parle. Elle fait un signe de tête affirmatif.

Je l'entreprends toujours par le truchement de mon petit Belge.

— Vous faisiez la chambre de Molly Dayton ?

— Oui.

— Avez-vous remarqué qu'elle eût de beaux livres ? Des livres reliés ?

— Oui… Mais elle les mettait dans son sac à main et ne les laissait jamais ici. Elle les emportait avec elle.

— Merci, c'est tout…

Je salue les deux grognaces et je fais signe à Robert de me suivre.

Une fois dans la voiture, il me pose cette innocente question :

— Vous êtes content ?

Je lui donne une bourrade.

— Si tu veux parler de tes services, je suis ravi. Tu es un interprète de première catégorie. De l'enquête aussi je suis content. Attends que je résume : cette Molly Dayton était taxi-girl, mais elle avait des ronds, beaucoup de ronds, beaucoup plus que n'en ont ordinairement ses consœurs. Elle recevait des hommes la nuit, des gars qui venaient prendre du bon temps, des pigeons à faire reluire, quoi ! Peut-être est-ce là l'origine de son aisance. Elle s'envoyait en l'air pour son confort. Marrant ! Mais elle recevait aussi un escogriffe à gueule de pasteur qui lui apportait de mystérieux bouquins reliés qu'elle ne laissait pas traîner. Et elle ne lisait que des romans à la mords-moi le chose. Tout ça est assez bizarre. Je m'étonne que la police d'ici ne se soit pas rencardée davantage.

Nous démarrons.

— Où allons-nous ?

Ce qu'il est frémissant, le petit gars.

— Attends. Quelle heure est-il ?

— Huit heures.

— Bon, on peut encore en faire une.

Je range la guinde le long du trottoir. Je tire ma liste.

Voyons maintenant le numéro 2, par ordre alphabétique toujours.

La souris en question se nommait Katharine Fellow, 1020, Laramie Ave.

C'est la morte numéro 6.

Elle a été sucrée d'une balle dans la tête. Morte sur le trottoir, devant sa cabane, alors qu'elle s'apprêtait à y entrer.

## CHAPITRE XII

## ENCORE LE CLERGYMAN

Pas de logeuse, cette fois. Nous sommes dans une maison basse. Une des rares cahutes à un étage de cette ville sensationnelle.

La bicoque termine l'avenue. Elle se perd dans une sorte de no man's land qui tient du terrain vague et du square abandonné. Assez minable, comme quartier. De la marmaille grouille un peu partout. Des chiens faméliques circulent avec l'air de savoir où ils vont et pourquoi ils y sont.

Drôle de coin.

Katharine Fellow créchait dans la moitié de la maison, l'autre partie est occupée par un vieux violoniste qui gratte dans un bastringue.

L'homme en question se pointe juste au moment où nous venons de nous rencarder chez le teinturier du coin.

C'est un petit juif frileux. Il est très dégarni sur

le couvercle ; il porte des lunettes cerclées de cuivre, un complet noir avec des poches aux genoux et aux coudes. Et il a des poches sous les yeux aussi.

Il se nomme Povicci.

— Fais-lui le baratin de départ, fais-je à Robert Dauwel.

Le petit musico ajuste sa boîte à violon.

— Je parle le français, affirme-t-il.

Robert se renfrogne parce qu'il va devenir inutile. C'est comme un acteur dans le rôle duquel un metteur en scène impitoyable se met à tailler.

— Je suis un vieil ami de cette pauvre Katharine, dis-je. Je vis en Europe, il y a très longtemps que je ne l'avais pas vue. J'ai appris ce qui lui est arrivé, c'est affreux. Je voudrais avoir tous les détails sur les circonstances de sa mort.

— En ce cas, allez à la police, me dit-il assez sèchement. Moi, je ne sais rien.

— La police en sait encore moins que vous. Je n'ai pas l'intention de vous importuner pour la peau. Si vous pouvez m'accorder un petit quart d'heure, je suis prêt à payer ce petit quart d'heure un bon prix.

Vraiment, il existe des formules magiques.

Il dresse l'oreille. C'est littéralement vrai. Ses oreilles ont bougé.

— En ce cas, dit-il, entrez chez moi, mais je crains que vous ne soyez déçu.

Il nous introduit dans une pièce qui abrite un formidable capharnaüm. Des pupitres, des partitions de musique, des instruments, des bouquins, des bustes de compositeurs.

Il débarrasse deux chaises branlantes.

— Asseyez-vous.

— Merci, M. Povicci. Parlez-moi un peu de votre voisine. Quelle sorte de fille était-ce ?

— Je croyais que vous étiez un de ses bons amis ? objecte-t-il doucement.

Je me mords les baveuses.

— C'est-à-dire que je suis détective, détective belge. J'agis pour le compte d'un ami très cher à Katharine. Ce monsieur aimerait avoir des détails…

— Oui, oui, fait le petit homme.

Il est méfiant. Il a peur que je lui tire les vers du naze pour balpeau. C'est le moment de lui montrer les talbins.

J'en pose un de dix sur une pile de livres.

— Ça, fais-je, c'est l'ouverture. Elle vaut celle d'*Aïda*. Non ?

Il rafle l'artiche comme un caméléon gobe une mouche. Rappelez-vous que, pour ce pèlerin, il enfouraille tout ce qui est ni trop chaud ni trop froid avec une dextérité qui rendrait malade le président des prestidigitateurs.

— Bon, murmuré-je, alors, parlons. Quelle vie menait la donzelle ?

— Ma foi, une vie de noctambule. Son métier…

— Je sais. Rentrait-elle des mâles en chaleur, le soir ?

— Très rarement.

— Mais cela arrivait ?

— Rarement, je vous le répète, et fort discrètement. Je ne m'occupais du reste pas de ça. Chacun sa vie…

— Hum ! Philosophe, hé ?

— Indépendant, simplement.

— Pour être indépendant on n'en a pas moins des yeux ; des yeux et des oreilles…

— Evidemment…

— Elle n'avait pas d'amis ?

— Féminin ou masculin, le mot ami ?

— A vous de me le dire.

— Elle avait des amies… Des copines, quoi ! Je n'ai jamais remarqué d'homme parmi ses relations intimes.

— Pas même un grand type maigre aux allures de clergyman défroqué ?

Là, il sourcille.

— Tiens, fait-il, je ne pensais pas à ce bonhomme.

Mon cœur joue *Monte là-dessus.*

— Donc, vous le connaissez ?

— Je ne le connais pas. Je me souviens qu'elle a reçu la visite d'un type comme vous dites à plusieurs reprises. Mais ça ressemblait à une visite d'affaires plus qu'à une visite d'ami. Je pensais que ce gars était un assureur, ou quelque chose comme ça. Il ne restait jamais longtemps.

— Ah ?

— Oui.

— Il n'avait pas de livre à la main, en arrivant ?

— Au fait, peut-être bien. Oui, et c'est pour cela que j'ai pensé à un homme de loi.

Je soupire.

— C'est bien lui.

Le moment est revenu d'arroser.

J'extirpe un nouveau bif de ma fouille.

— Ouvrez grandes vos manettes, M. Povicci. Ce billet vous appartient d'ores et déjà. Mais je vous en allonge un autre de cinquante si vous parvenez à me donner un détail qui me permettrait de retrouver cet homme. J'ai dit cinquante ! Vous auriez réalisé une chouette journée. Non ?

Il fait oui de la tête, très gravement ; il paraît soucieux. Il veut à tout prix cet artiche, mais il craint de ne pouvoir le gagner ; alors il réfléchit. Il réfléchit ferme. Il me semble voir de la fumée lui sortir par les oreilles.

Puis il s'écrie :

— Ça y est !

— Qu'est-ce qui y est ?

— Je me rappelle un détail.

— O.K. !

— Un après-midi, il est venu. La petite n'était pas là. Il a sonné, resonné. Puis il a écrit quelque chose sur un morceau de carton et l'a glissé sous la porte. Je n'y ai pas pris garde. Seulement, je suis sorti une heure plus tard. J'ai aperçu ce morceau de papier. Machinalement, je l'ai ramassé, sans penser que j'avais vu l'homme l'écrire.

— Vous l'avez vu ?

— Oui…

Il a le regard qui fiche un peu le camp, Povicci. Pour le championnat de discrétion, il se pose là !

— Vous vous souvenez du texte ?

Il fronce les sourcils.

— Je crois qu'il lui donnait rendez-vous dans un bar de Blue Island Avenue. Un bar qui doit s'appeler *Le Perroquet* ou *La Perruche,* il me semble.

— Il vous semble ou vous en êtes certain ?

— On n'est jamais certain de rien ; mais je le crois fortement.

— La nuit où Katharine a été effacée, vous avez entendu quelque chose ?

— Oui, car j'ai le sommeil léger. J'ai perçu comme un bruit d'échappement. Evidemment, je n'y ai pas pris garde. C'est seulement un peu plus tard, lorsqu'un passant a découvert le corps, que j'ai compris qu'il s'agissait d'un coup de revolver. Un revolver avec silencieux.

— O.K. ! Personne n'occupe l'appartement de la môme ?

— Non, le propriétaire veut faire construire un magasin dans la maison. Justement, il tenait à ce que nous la libérions. La petite morte, il ne lui reste qu'à me trouver un autre logement. Je ne suis pas exigeant.

— Je peux jeter un coup d'œil ?

— Où ça ? Chez elle ?

— Oui.

— C'est fermé à clef.

— C'est le genre de truc qui ne m'impressionne pas.

— Moi, je veux bien, murmure-t-il, pourvu que ça ne m'attire pas d'ennuis.

— Je ne veux absolument rien dérober, si c'est ce que vous craignez.

— Alors…

Je défouille un talbin de cinquante.

— Chose promise, chose due, mon cher Paganini. J'espère avoir le droit au silence pardessus le bot. Non ?

— Bien entendu.

— Autre chose, vous m'avez l'air dégourdoche

du côté des cellules grises. A votre avis, le clergyman était-il homme à envoyer la purée à la fillette ?

Il réfléchit.

— Peut-on porter un jugement efficace sur ses semblables ? murmure-t-il en épongeant le billet.

— Oh ! ne nous jouez pas les penseurs. Je vous demande votre avis.

— Non, dit-il, cet homme n'avait rien d'un tueur. Et puis, ça ne peut être lui le criminel, car il n'était certainement pas français, lui !

Et il me bigle.

— Ecoutez, Toto, je rouscaille, vos sous-entendus ne m'atteignent pas. Si j'ai un conseil à vous donner, c'est de vous calmer. Au cas où vous ne sauriez pas où mettre votre nase, carrez-le dans votre tire-gomme. Vu ?

Sur ce, j'entraîne Robert de l'autre côté de la strasse. En deux temps et pas de mouvements, mon sésame a raison de la serrure.

L'appartement de la Katharine est gentiment arrangé. Les tentures sont lourdes, les meubles chérots. Encore une qui devait secouer pas mal d'artiche à ses clilles ! Ou alors qui avait une rente quelconque

Je farfouille un peu partout. Sur un rayon, j'avise quelques bouquins. Ce sont des publications comme chez l'autre, genre *Mon cœur est à tes pieds* ou *La Gondole du rêve.* Ces sœurs avaient l'âme bleu pastel.

Soudain, je tombe en arrêt devant un bouquin à reliure de cuivre. Ça c'est du sérieux. Je le tends à Robert.

— Qu'est-ce que c'est, comme livre, ça ?

Il ligote le titre.

— C'est un ouvrage de sociologie.

— Pas possible !

La grognace qui suit la collection printemps et qui se farcit des ouvrages aussi trapus ! Non, passez-moi la paluche !

Je vais pour feuilleter le livre et je pousse une exclamation. Ce bouquin est déguisé en bible. L'intérieur a été évidé et une boîte y est planquée. Elle est vide. Je renifle, une odeur douceâtre s'en échappe.

Une odeur que j'ai déjà reniflée quelque part en France. Je mets le livre sous mon brandillon.

— Ce sera un petit souvenir, dis-je à mon petit Belgicot. Allez, traçons, maintenant.

Le violoneux d'à côté nous regarde grimper dans la tire par la fenêtre. Je lui adresse un petit signe d'adieu. Son rideau retombe.

— C'est formidable, déclare Robert Dauwel avec son magnifique accent d'outre-Quiévrain.

Il ajoute, exalté :

— Où allons-nous, maintenant ?

— Maintenant, dis-je, je t'offre à boire dans un bar qui s'appelle *Le Perroquet.*

— … Ou *La Perruche,* complète-t-il.

Et il récite comme une prière :

— Blue Island Avenue.

— Toi, lui dis-je, t'es un sacré petit champion !

## CHAPITRE XIII

## UN BOUQUIN DORÉ SUR TRANCHE

Nous parcourons tout Blue Island Avenue qui est une voie populeuse tracée en diagonale au beau milieu de la ville.

Pas plus de *Perroquet* ou de *Perruche* que de beurre dans le slip de Nixon.

— T'es sûr de ton anglais ? fais-je à mon jeune collègue.

— Oui, oui, dit-il. J'ai ma licence.

— Ecoute, on va refaire le chemin en sens inverse. Le zig n'avait pas l'air absolument certain de l'enseigne. Peut-être a-t-il confondu avec quelque chose d'approchant ?

— D'accord…

Il se détranche, mon pote. Mon père, biglez à gauche, mon père, biglez à droite. Je vais au pas, comme si je suivais un enterrement ou un défilé militaire. Ça ne fait pas l'affaire des autres conducteurs qui m'invectivent copieusement ; seulement, comme je ne pige rien à leur jargon, je m'en bats les flancs.

— Attendez ! s'écrie Dauwel.

Je ralentis encore davantage. Il a les mirettes qui lui pendent sur la poitrine comme des jumelles de courses.

— Quoi ? fais-je.

— Il y a là un bar qui s'appelle *The Cockatoo*.

— Et alors, ça veut dire perroquet ?

— Non, ça veut dire cacatoès.

Je case ma tire et nous entrons dans le bar. L'établissement est arrangé en navire, à l'intérieur. Le navire boîte de nuit, vous voyez le tableau ? Ça existe sous tous les cieux, dans toutes les villes de plus de dix mille tranches.

On s'installe au bar.

— Qu'est-ce que tu bois ? Whisky ?

— Je veux bien.

— Alors, deux doubles. Vas-y, commande ! Et, par la même occase, interroge le garçon. Tâche de savoir s'il connaît un zig du style clergyman.

Mon petit pote se débarbouille tandis que je file un coup de saveur à ce tapis. Y a des clients ordinaires, c'est-à-dire des glands qui ont filé rencard à leur secrétaire. Ça se bouffe la gueule dans tous les angles. La salle est plongée dans la pénombre. Elle est divisée en petits boxes cernant une piste de danse grande comme un couvercle de lessiveuse. Chaque box est éclairé par une lampe à abat-jour très discrète. Seul, le bar est à peu près éclairé.

Mon gars Dauwel baratine sec. Je lis sur la hure du barman les réponses. Oui, il connaît le gars. Ça se sent à la façon dont il jacte.

— Alors ? je demande lorsque l'entretien est terminoché.

— Ça va, affirme Robert. Il connaît. Le type vient tous les soirs ici. Il a rendez-vous avec des filles. Il leur parle à peine. Il leur apporte un bouquin.

— Au poil… A quelle heure radine-t-il ?

Robert traduit ma question.

— Vers les dix heures.

— Parfait. Tiens, allonge cinq dollars au barman en lui disant qu'il ne parle pas de nous au mec lorsqu'il s'annoncera.

Je consulte ma tocante : neuf plombes. Nous avons tout le temps !

— Qu'est-ce qu'on fait ? insiste ce frénétique de Belgicot.

— Rien, dis-je. On écluse encore un godet, ensuite tu rentres à la casbah pour faire dodo, car tu as besoin de repos.

— Mais non, pensez-vous.

— Si. Je peux être amené à faire des choses plus

ou moins… mettons légales, et je ne tiens pas à compromettre un type aussi choucard que toi.

Il insiste encore, mais je me montre inflexible.

— Tiens, bonhomme, voilà cinq cents pions en plus à valoir sur ton cacheton. Fais une petite java seulâbre, mais méfie-toi des souris. Elles ont la main plus leste que le derche.

Nous sortons.

— Tu connais notre adresse ?

— Evidemment.

— Eh bien ! va.

Il s'éloigne, tout déconfit. Moi, je grimpe dans le bahut et je me mets à guetter les allées et venues de la clientèle du *Cockatoo*.

Pour passer le temps, je fume.

Et comme fumer incite à la méditation, je me mets à penser que cette fois je tiens le bon bout. M'est avis qu'avant longtemps je serai au parfum de toute l'histoire.

Alors, peut-être que j'irai dire deux mots à Grane, trois à Maresco et le reste aux journaleux du patelin.

Oui, peut-être bien.

A force de cligner dans la fumée pour ne pas rater les entrées du bar, mes roberts se mettent à chialer. On dirait que j'ai du chagrin.

*
* *

Il est à peine dix plombes lorsque se radine un mec correspondant au signalement que la mère Morton et le Paganini des faubourgs m'ont donné.

L'homme en question ressemble en effet à un pasteur. Il est loqué de noir. Il porte une chemise blanche – ce qui est assez rare ici – et une cravate gris perle.

Son bada est noir, à larges bords plats.

Il est grand, maigre, blanc, triste.

Il tient à la main un livre truqué sans doute, ce qui renforce son air austère. Au fond, c'est ce bouquin qui complète sa ressemblance avec un clergyman. Ça lui fout l'air intellectuel constipé.

Il entre dans le bar d'une démarche solennelle. Puis il disparaît.

Moi, j'hésite à entrer derrière lui. Tout compte fait, j'y renonce ; le barman me connaît et il pourrait vendre la mèche même sans le vouloir, car l'autre endeuillé doit avoir l'œil vif.

J'attends un instant… Puis je descends de carriole. A ce moment-là, une belle souris débarque d'un taxi et plonge vers le bar en remuant du culbuteur. Mon petit doigt me dit que c'est une poufiasse qui vient au rambour pour chercher le fameux livre.

Et je ne me goure pas. Passant devant la lourde, je les aperçois, tous les deux, installés à une table devant deux verres de Coca.

Je reviens à ma bagnole.

Je suis perplexe.

Et je le suis parce que j'hésite sur la conduite à adopter. En somme, deux pistes se présentent. J'ai à ma disposition le « clergyman », d'une part, c'est-à-dire l'élément le plus important, et la souris avec qui il parle, d'autre part.

Seulement, lui, peut-être ai-je intérêt à le ménager, car il doit se méfier. Si je rate mon entrevue avec sa pomme, il sera paré et je pourrai toujours lui chanter le premier acte de *Manon,* je serai marron. Alors qu'en questionnant la fille, j'en apprendrai peut-être assez pour le cravater sérieusement. D'autant plus que, lui, je sais où l'épingler, puisqu'il vient tous les soirs ici.

Bon, c'est dit, je me charge de la fillette.

Comme j'ai pris cette décision, elle sort du bar. En effet, les relations sont schématiques avec le clergyman. Elle tient un bouquin sous le bras.

Je la vois héler un taxi.

S'agit de pas louper le coche !

Mais le pilote du bolide est raisonnable, il conduit en père peinard. Le suivre, c'est du biscuit !

Nous enfilons des avenues, puis d'autres avenues, sous un flamboiement d'enseignes au néon.

C'est fatigant, à la longue, ces lumières aveuglantes !

Enfin nous stoppons.

La fille casque la course et pénètre dans une boîte de danse qui s'appelle *The flying dancer.*

J'y entre à sa suite.

Je prends des jetons à la caisse, car je commence à avoir l'habitude de ces sortes d'endroits, et je file le train à la souris qui a pénétré par une petite porte située derrière le vestiaire.

Comme il y a du trèpe au vestiaire, je contourne celui-ci sans me faire remarquer. Je fonce par la fameuse petite porte. Elle donne sur un couloir où s'ouvrent les loges des filles, des musiciens et des chanteurs à la gomme qui se produisent dans la strasse.

Le coincetot est désert.

Pourtant, la môme vient d'entrer laga !

Je pénètre dans un réduit à instruments, un local dans le genre de celui où j'ai bouclé l'escogriffe de Seruti, la veille.

J'attends en renouchant par le trou de serrure. Si jamais je me fais harponner ici, ça va hurler à la mort dans le patelin !

Mais l'orchestre fait rage et le public afflue.

C'est l'heure où les pigeons viennent se faire reluire au lieu d'aller se zoner.

Quelques minutes s'écoulent. La donzelle que je file ressort d'une loge du fond. Elle a troqué sa pelure contre une robe du soir en lamé, coupe Uniprix ! Elle ferme soigneusement sa lourde et se carre la clé de la loge dans le soutien-gorge. Elle n'a plus son bouquin.

Je la laisse se tailler, je compte jusqu'à treize, parce que ça porte bonheur, et je m'annonce en face de la lourde. Il ne me faut pas douze secondes pour l'ouvrir. J'entre dans la loge et je referme.

La pièce est exiguë. Grande comme deux guérites, on a envie d'y monter la faction.

Mais je ne me mets pas au garde-à-vous, ça, je vous l'annonce !

Rapidos, je fais l'inventaire du lieu. Je ne trouve pas de bouquin. Pourtant, elle l'a bien planqué quelque part, elle a tout de même pas pu s'en servir comme suppositoire.

J'ouvre le tiroir de la table à maquillage : balpeau ! Je bigle par terre : zéro. Enfin, je me mets à sourire. L'unique siège est recouvert de velours. Je soulève la partie rembourrée et je constate que la chaise peut servir de boîte à couture. Sous le capitonnage de velours, il y a une cavité renfermant le bouquin. J'ouvre celui-ci, il est truqué comme celui que j'ai trouvé chez Katharine. Et à l'intérieur, il y a un tas de petits paquets. Je flaire ces derniers. L'odeur me renseigne cette fois. C'est de l'opium. Je glisse les paquets dans ma vague et je remets tout en place.

Me voici affranchi, cette fois. Je commence à y voir tellement clair qu'on peut éteindre l'électricité !

Toutes les souris assassinées faisaient du trafic de stups ! Il y en a une par boîte de danse. C'est le lieu idéal pour refiler de la came. Tous les désœuvrés qui draguent dans les parages tirent sur le bambou ou se bourrent le pif !

Ce trafic n'est pas passé inaperçu de Maresco. Et c'est lui *Le Français*... Ou du moins un de ses hommes.

Pourtant, cette explication ne me satisfait pas. Maresco a d'autres moyens d'action. Il n'aurait pas besoin de faire cette mise en scène à grand spectacle.

Et puis, si j'ai découvert l'existence du clergyman avec autant de facilité, il l'aurait décelée encore plus vite, lui, avec les moyens dont il dispose.

Alors ?...

Je remets le gros gambergeage à plus tard.

L'essentiel, maintenant, est de sortir d'ici sans se faire remarquer.

Je dénoue ma cravate, je prends une démarche

titubante pour maller des loges… ceci au cas où je rencontrerais quelqu'un. Et bien m'en prend car, justement, je me trouve pif à pif avec un serveur noir.

J'exhale un formidable hoquet et, d'une voix mourante, j'implore :

— *Lavatory, please, lavatory !*

Le type se fend la gueule et me montre un clavier étincelant. Toutes ses chailles sont présentes à l'appel.

Il me guide obligeamment vers les gogues.

— *Thanks,* balbutié-je en lui fourrant un billet de cinq dans la patte à mangave.

Il en a le vertige, le zouave.

Sur le coup, il ne doute plus un instant que je sois miron.

Lorsqu'il a calté, j'évacue les ouatères.

Je plonge dans la salle de danse où toute une humanité en péril se frotte la membrane sous prétexte de danser.

Un tango, y a rien de tel pour amorcer les séances de pointage.

Je cherche ma donzelle du regard. Elle est dans les brandillons d'un troufion qui s'en fait un nœud autour de l'estom. Ma parole, il la confond avec sa ceinture Rasurel !

J'attends que la danse soit finie. Puis je m'avance

vers la poulette. Un ticket brandi me sert d'entrée en matière. Au moins, c'est pratique !

Le troufion, vaguement gabouillé, m'écarte d'un revers de main.

— *She's mine !* déclare-t-il.

Moi, que voulez-vous, je ne peux pas entraver les façons cavalières. C'est pourquoi j'attrape le militaire par son revers et lui file un coup de boule dans la marganette. Il avale un grondement de rage et de douleur… plus une demi-douzaine de dents.

Et il se répand sur le parquet.

K.-O., le frangin !

Les spectateurs se gondolent. Deux serveurs qui en ont vu d'autres le bichent par les pattes et par les bras et l'évacuent vers la sortie.

Je tends mes abattis à la petite fille. Elle les accepte avec un beau sourire.

Les gonzesses sont toujours bonnes pour les vainqueurs. Surtout lorsque la bataille a eu lieu pour elles.

Elle se met à me roucouler des gentillesses.

— *I am Belgium…*, dis-je pour couper court.

— Oh ! gazouille-t-elle. *Ju parlant oune little française…*

Et elle m'explique qu'elle a connu un Français pendant la dernière guerre. Un gars qui était journaliste. Ils ont vécu deux mois ensemble et ça a laissé des traces dans son éducation.

Décidément, les Français se manifestent toujours dans la vie d'une greluse.

On fait plusieurs danses. Lorsque je regagnerai Paris, je vais cavaler à l'Opéra m'inscrire comme petit rat ! Ce voyage m'aura appris à me servir de mes gambettes, je vous l'assure !

Lorsque je n'ai plus de jetons, je vais en acheter d'autres. Bref, ça devient la grosse passion, nous deux. Je lui susurre des trucs à la guimauve. Elle biche. Lorsque je lui demande si on peut passer la nuit ensemble, elle me dit qu'elle est d'accord.

La soirée est longue comme un rapport d'expert.

Je suis vanné lorsque la carrée boucle.

— Allant attendre in rue ! me fait la poule.

Je la quitte à regret. J'ai eu tort de lui chauffer son « noir[1] ». Si elle s'aperçoit de la chose, maintenant, elle va en avoir sec et la suite de nos relations sera compromise. Or je ne voudrais pas qu'elle le soit. Le coup est admirablement amorcé. Parti comme je suis, j'ai toutes les chances de mon côté pour lui tirer les vers du nase. Et aussi pour lui faire le coup qu'Adam a si bien réussi.

Elle vaut l'exercice !

Elle est rousse comme une couverture de revue déshabillée. Elle a les yeux verts – c'est ce qui va le mieux aux rousses ! – et ses jambes sont parfaites. Le brancard idéal, quoi !

1. Opium.

Je monte dans ma tire et j'attends. Qui vivra verra, comme le dit si pertinemment Félicie, ma brave femme de mère !

L'attente se prolonge. Je vois calter les compagnes de ma bergère. Mais elle tarde et ça m'inquiète.

Sans doute s'est-elle aperçue du larcin et est-elle affolée.

J'attends encore. Enfin, la voilà. Le valseur ondulant. Elle me sourit si gentiment que mes craintes s'évaporent comme de la rosée d'avril.

Elle s'avance vers ma guinde. Elle est belle, ma foi ! Elle a renforcé son maquillage et s'est vaporisé un parfum pas tellement désagréable.

Elle est gentillette.

Une fois à mes côtés, je ne peux attendre ; je la serre contre moi et je lui file un patin maison. Après ça, elle peut faire de la pêche sous-marine, elle a acquis l'entraînement nécessaire.

Je démarre.

— Où habitez-vous ? fais-je.

Elle me bonnit un nom de rue que j'ignore totalement.

Ça va être coton pour y aller, à moins qu'elle ne me guide sérieusement.

— *Give me*... le...

Elle touche le volant.

— O.K., ma poupée, fais-je.

Je descends de la voiture et je la contourne tandis qu'elle s'installe à ma place.

— Vous savez conduire, au moins ?... je demande une fois que je suis réinstallé à sa droite.

— *Oh ! yes !*

Ça, pour savoir conduire, elle sait...

Elle démarre en souplesse et fonce dans la ville.

Cette décapotable est follement agréable. L'air de la nuit me fait un bien immense. C'est bon de sentir la caresse de la brise sur son visage.

Dites, vous vous rendez compte de la somme de poésie qui stagne dans mon âme ?

Le jour où j'aurai remisé mon colt, je me lancerai dans la poésie.

Je publierai des plaquettes à compte d'auteur ; il n'y a rien qui fasse davantage plaisir à un éditeur !

Oui, il fait doux et frais. En sortant de la fournaise où nous étions, c'est une vraie thérapeutique, je vous l'affirme.

La môme pilote à moyenne allure. C'est reposant.

Soudain, au tournant d'une rue, je vois se dresser devant nous un immeuble que je reconnais.

— Mais... fais-je.

Je n'ai pas le temps d'en dire plus long. Je reçois derrière le crâne un de ces gnons qui volatiliseraient Notre-Dame.

« Tiens, pensé-je avant de sombrer dans le sirop, il y avait un mec à l'arrière de la voiture. »

## CHAPITRE XIV

## DRÔLE D'ALLIANCE

Oui, il y en avait un. Et ce gnace sait se servir d'un goumi, moi je vous le dis, parce que je suis bien placé pour le savoir.

Le bâton de caoutchouc renforcé, c'est son instrument de travail. Oh ! ma douleur ! Des badaboums pareils, ça vous ramollit la matière grise !

Pourtant, bien que je flotte dans une demi-inconscience, je me sens véhiculé. Des mains me saisissent. On grimpe des escadrins ; on suit des couloirs... Et puis, plouf ! on me jette à terre.

Là, je lâche les pédales.

Mon cirage ne doit cependant pas durer très longtemps. Une rasade de whisky me ramène au grand jour. Je m'ébroue comme un caniche qui a reçu la flotte et je me mets sur mon séant.

Je suis sur la carpette du bureau de Maresco. Lui est assis à sa table de travail. Il écrit sans s'occuper de rien. Ses pieds nickelés m'entourent. A l'arrière-plan se tiennent le clergyman et la souris rousse.

— Salut ! dis-je. Excusez-moi pour ce petit voyage, mais, après le coup que j'ai dérouillé sur la noix, il s'imposait.

Je porte la main à mon crâne. J'ai l'impression que mon bocal a changé de consistance et qu'il est maintenant devenu mou comme du chewing-gum mâché.

Maresco relève la tête.

— Tiens, fait-il, il récupère vite.

Il contourne son bureau et me dit :

— Asseyez-vous là.

Il donne un ordre. Ses boy-scouts m'agrippent et m'assoient dans le fauteuil pivotant qui fait face au sien.

Des cloches aux notes graves sonnent vachement sous mon dôme. Je dodeline du but comme un malheureux. Puis, enfin, je me ressaisis. En me tenant le menton, je parviens à lutter contre le vertige qui me déséquilibre. Et alors mes yeux tombent sur la feuille de papier que noircissait Maresco. Et je tique en constatant que son écriture est exactement la même que celle du gars qui a écrit les fameux billets : *Le Français*. Pas moyen de se gourer, ce sont bien ces mêmes lettres un peu pointues, aux pleins appuyés.

Du coup, j'ai un éblouissement. Maresco serait *le Français* ? Il aurait la connerie de signer ses meurtres de son écriture ? J'en suis ratabois !

Brusquement, je réalise qu'il est en train de me parler. Faut croire que j'ai un drôle de coup de vapeur.

— Hmm ? grommelé-je lourdement.

Maresco s'assied en face de moi.

— Vous m'avez joué, dit-il. Vous avez empoché l'argent que je vous proposais pour partir et, au lieu de cela, vous avez quitté l'avion à Cleveland… et vous êtes revenu…

— C'est de la maniaquerie professionnelle, lui fais-je. Que voulez-vous, il y a des ménagères qui ne peuvent pas sortir de leur appartement si les lits ne sont pas faits, et vous avez des flics qui ne peuvent pas lâcher un os sans savoir de quelle couleur est la moelle. J'appartiens à cette catégorie-là. Quant aux ronds que vous m'avez refilés, rendez-moi cette justice que je les ai refusés. Je ne les ai empochés que lorsque vous m'avez eu dit que vous les considériez comme des dommages pour l'attentat dont j'ai été victime.

— Ne finassez pas, San-Antonio…

— Je ne finasse pas !

— On a trouvé sur vous une certaine marchandise.

— L'opium que votre clergyman distribue aux petites filles de vos boîtes ?

— C'est ça.

— Et alors ?

— Alors, j'aimerais que vous me disiez de quelle façon vous êtes arrivé à mettre la main dessus. Cela revêt une certaine importance pour moi…

— Vous avez les chocottes, hein, Maresco ? Je commence à piger votre combine.

« Les stups, c'est une branche annexe de votre activité. Vous ne voulez pas la confondre avec le consortium des boîtes qui est une chose légale. Alors, vous avez organisé un trafic clandestin comme si les taules ne vous appartenaient pas. De cette façon, en cas de coup dur, vous ne risquez rien. C'est ça ? »

— Exactement.

— Seulement, il y a des filles, vos détaillantes, qui vous font du contrecarre ; alors vous les liquidez… Et c'est ça, les crimes du sadique français.

Il abat son poing sur la table.

— Non ! fait-il sèchement.

— Si… La preuve !

J'attrape la feuille de papier.

— C'est la même écriture, Maresco !

Il ne bronche pas. Ses yeux froids et incisifs me scrutent.

— Vous n'êtes décidément pas un crétin, fait-il. Mais vous vous trompez. Je ne suis pour rien dans ces morts qui, au contraire, troublent… mes affaires. Il est exact pourtant que les billets sont de ma main. J'ai affaire à un adversaire rusé.

— Cela me paraît difficilement admissible. Comment diantre avez-vous écrit ces billets ?

Il hausse les épaules :

— De la façon la plus stupide qui soit… J'avais, l'an dernier, dans mon équipe, un Canadien nommé Le Français. C'était son nom patronymique. Or je tiens une comptabilité de mes collaborateurs officiels. Chacun d'eux figure sur un gros carnet où ses opérations sont inscrites. Ce carnet m'a été dérobé. L'assassin des filles a découpé l'en-tête des pages sur lesquelles j'avais écrit le nom du Canadien.

— Je comprends. Vous me racontez tout cela pourquoi, Maresco ?

— Parce que vous n'êtes pas bête et qu'on profite toujours de l'opinion d'un homme intelligent.

— Je vois. Alors, pourquoi avez-vous cherché à m'éloigner au lieu de m'engager ?

— Je n'engage pas les flics trop perspicaces.

— Ils peuvent en découvrir trop ?

— C'est ça.

— Et, maintenant, vous ne craignez plus que j'en découvre trop sur votre compte ?

— Non, puisque je vous tiens.

— Ça va se terminer de quelle façon, nos relations ?

— Oh ! ça dépend d'un tas de facteurs... Parlons d'autre chose.

— De votre affaire ?

— Par exemple...

— Vous ne savez pas qui a étouffé ce carnet ?

— Si.

— Quelqu'un de votre entourage immédiat ?

— Oui.

— Et qu'a-t-il dit ?

— Il n'a rien dit. On l'a trouvé mort dans un fossé, sur la route de Toledo. Le gars pour qui il a fait ça ne faisait confiance qu'aux morts.

— Quel intérêt a l'assassin de tuer vos messagères ?

— Il leur prend la camelote.

— Donc, c'est par cupidité qu'il agit... Pourquoi signer ce meurtre : *Le Français ?*

— Afin de juguler la police.

— Je ne pige pas.

— Ces billets ont été rédigés par moi, donc cela me mêle à l'affaire. Or, je ne tiens pas à être mêlé à une affaire de meurtres directement branchée sur une affaire de stupéfiants que je dirige.

— La police sait que les billets sont de vous ?

— Oui, la police d'ici, c'est-à-dire celle que je peux museler. Il m'a été du reste facile de me disculper. D'autant plus facile que je dînais en compagnie du chef de la police l'un des soirs où l'on tuait une de mes filles. Seulement, si le F.B.I. s'en mêle, cela deviendra plus délicat. Le F.B.I. trouverait à coup sûr l'assassin, mais, du même coup, mettrait à jour cette affaire d'opium. Comme je ne veux pas qu'on parle de l'affaire, j'ai intérêt à ce que l'assassin ne soit pas identifié. Du moins, pas par la police.

— Votre rêve serait de le trouver vous-même ?

— Voilà !

— Je comprends.

— Vous pouvez m'aider ! Si vous avez découvert mon trafic, vous devez découvrir le meurtrier.

Ça lui en a mis plein les carreaux, mon enquête éclair.

— Comment avez-vous fait ? demande-t-il.

— J'ai fureté chez certaines filles mortes et j'ai déniché la piste de monsieur.

Je désigne le clergyman.

— Ensuite, la routine, la bonne vieille routine française…

— Bravo !

— Merci. Et vous, comment avez-vous déniché ma trace ?

— Oh ! facile. Maintenant, je fais filer toutes mes petites livreuses. Le fileur de celle-ci vous a repéré. Il vous a suivi sans que vous vous en doutiez. C'est un Noir.

Je souris.

— En effet, j'ai eu affaire à lui.

— Il m'a prévenu aussitôt que quelqu'un filait la petite. Pendant que vous dansiez avec elle, un de mes hommes est allé vous voir ; il vous a reconnu. Par mesure de précaution, j'ai téléphoné à la compagnie aérienne qui m'a dit que vous aviez abandonné l'avion à Cleveland.

— Bon. Eh bien ! je crois que nous nous sommes mis à jour, Maresco !

— Je le crois aussi.

— Je sens que vous allez me proposer un marché.

— Vous « sentez » très bien. En effet, voilà ce que j'ai à vous dire : vous collaborez avec moi pour dénicher l'assassin ou bien vous refusez. Si vous refusez, mes hommes vous emmènent faire un tour. Si vous acceptez et si vous réussissez – j'insiste sur ce dernier point –, je vous laisse l'argent que je vous ai remis et un de mes gars vous raccompagne jusqu'à New York. Cette fois, il vous met dans l'avion pour la France !

Je pense :

« Parle, beau merle. »

Car ces promesses-là sont des promesses de dentiste.

Mais il faut que je gagne du temps.

— D'accord, je suis à votre disposition.

— A la bonne heure ! Donnez-moi votre passeport.

Je lui tends le carnet demandé. Il le glisse dans un tiroir.

— Votre revolver, je l'ai déjà, votre argent aussi. Vous voici donc sans papiers, désarmé, désargenté. Pas moyen de faire grand-chose ici dans de telles conditions. De plus, vous aurez deux collaborateurs.

Il fait signe à deux hommes.

— Voici Dick et Jo. Dick parle un peu de français. Vous vous entendrez très bien. Je vous prie également de ne rien tenter sur leur personne, car il vous en cuirait… N'oubliez pas que vous êtes l'assassin de Seruti. Son collaborateur, que vous avez quelque peu malmené est prêt à témoigner que vous l'avez descendu. Donc, une fausse manœuvre et je vous fais passer à la chambre à gaz, aussi vrai que je m'appelle Maresco !

Il a tout prévu, le Rital. Pour un fortiche, c'est un fortiche !

— A propos de Seruti, dis-je, que s'est-il passé avec la souris morte soi-disant dans son taxiphone ?

— Elle a été assassinée dans son bureau pendant son absence. Ça la fichait mal. Alors, après la fermeture de l'établissement, il l'a installée dans la cabine.

— C'est ce que je pensais. Dites voir, la huitième môme est de vous. Non ?

— Non, de lui. Seruti a fait du zèle. Lorsque vous lui avez dit qu'une fille brune du salon de danse voisin vous avait fait certaines confidences, il a eu peur. Il m'a téléphoné, mais je n'étais pas chez moi, ce soir-là. Alors, il s'est occupé de ça tout seul.

— Seruti connaissait votre section stups ?

— Oui.

— Tous vos collaborateurs sont au courant ?

— Non, pas tous. Seuls les Siciliens.

— Bref, la Mafia ?

— On ne peut rien vous cacher.

— Et vous avez confiance en eux ?

— Une confiance totale.

— Jamais de… déceptions ?

— Rarement, et elles ont été sanctionnées.

— Vous n'avez pas votre idée personnelle au sujet du tueur ?

— Si j'avais mon idée personnelle, je ne ferais pas appel à votre sagacité.

— Bien sûr…

Je me frotte le crâne.

— Je boirais bien un verre de rye.

— Facile…

— Je veux vous dire quelque chose, Maresco.

— C'est le moment.

— Au sujet de mon retour ici ; je ne suis pas revenu pour vous emmerder personnellement, je n'ai rien contre vous, si ce n'est une certaine admiration. J'admire tous les types grand format.

— Merci.

— Je suis venu à cause de cette marotte dont je vous ai parlé : cette manie de la vérité. A part ça, je n'ai rien à voir avec le F.B.I.

— Tant mieux.

Il redevient bourru, lointain, froid.

Il a cet air des gens que vous emm… et qui sont trop polis pour vous le dire.

Je siffle un glass et je me lève.

Dick and Jo se lèvent aussi !

# CHAPITRE XV

# AU DODO

Dick et Jo sont ce qui se fait de mieux dans le style défonceur de portrait !

Des armoires de ce format, vous pouvez en chercher des mêmes pendant cent dix ans à la salle des ventes, vous ne réussirez pas à en trouver. Ils ont des poitrines larges comme des portes de grange et des biscotos plus durs qu'un steak à bon marché.

Me voilà parti avec ces deux molosses sans un radis en poche, sans arme, sans papelards et, ce qui est plus grave, sans la moindre idée de l'endroit où je vais aller.

Maresco, c'est un drôle de vieux. Il doit croire au Père Noël à ses moments perdus. Parce que je lui ai prouvé que je n'avais pas la boîte crânienne fourrée aux amandes, il s'imagine que je vais dégauchir son tueur de souris en deux temps, trois mouvements.

Décidément, j'aurais dû rester dans l'avion. Certes, j'ai fait un pas de géant en découvrant le trafic de noir du Rital, mais à quoi cela m'avance-t-il, je vous le demande ? Maintenant, je suis coincé. Maresco a une façon peu ordinaire d'utiliser les compétences. Ah ! la carne ! Ce vieux-là, quand il sera canné, faudra le faire naturaliser et l'exposer au musée de l'homme ; il vaut cinquante points d'entrée !

Dick me demande de son air le plus intelligent – ce qui est extraordinairement négatif :

— Où nous aller ?

— Nous coucher, je fais. Avec ce coup de téléphone sur la praline, maintenant, je suis bon à nib. Tant que j'aurai pas récupéré, il ne faut pas compter sur moi.

Il grommelle je ne sais quoi de pas gentil, gentil, certainement. Je m'installe à mon volant, lui à mes côtés, son autre portion derrière.

Et je reviens à l'hôtel où j'ai retenu ma piaulette, mais, comme je m'apprête à ralentir, je pense au petit Robert et je me dis que ce serait une sale blague à lui faire que de le colloquer dans ce bain. Si je descends à mon hôtel, il me rendra visite, les deux costauds le harponneront ; ils préviendront Maresco et il arrivera des choses pas gentilles au petit Belgicot.

Non, pas de ça, Lisette.

Je file un coup de seringue et le bahut fonce plus loin. A force de tourniquer, je finis par découvrir un autre hôtel.

— Dis donc, Dick, fais-je à mon convoyeur, je vais prendre une turne ici. C'est toi qui les allongeras, puisque je suis lavé de mornifle.

Il grogne.

Je considère que cette onomatopée est une approbation et je débarque dans l'hôtel.

C'est Dick qui va baratiner la séquelle de la réception. Moi, j'attends en compagnie de Jo, lequel ne me lâche pas d'un poil, comme s'il s'attendait à ce que je me déguise en trou de gruyère !

— Monter ! décide Dick.

On nous embarque dans un ascenseur. On nous conduit à deux chambres communicantes.

L'une a deux lits. C'est dans cette dernière que me fait entrer Dick.

— Déshabiller ! dit-il.

Je me déloque. Il prend mes fringues et va les planquer dans la piaule voisine. Ensuite de quoi, il tire une paire de menottes de sa poche. Il emprisonne mon poignet droit, me dit de me coucher et passe l'autre boucle de la poucette au lampadaire de fer forgé qui flanque le divan-lit.

Cela fait, il ôte sa veste, s'allonge sur le divan voisin après avoir fermé la porte à clé, glisse la clé dans sa poche et traîne son pieu devant la fenêtre.

Maresco savait ce qu'il faisait en me confiant à cette nurse. Voilà un chéri qui compte avec le hasard et ne lui laisse pas le moindre morceau de gâteau.

Il allume une cigarette et éteint.

Dans l'obscurité, je vois grésiller le bout incandescent de la cibiche.

Je me dis que ma tête me fait mal, que la vie est moche et que le roupillon est une chose nécessaire.

Je m'endors comme un petit ange !

Comme le disait avec pertinence Pierre Dac :

« Il ne faut jamais faire le jour même ce qu'on peut renvoyer au surlendemain matin. »

## CHAPITRE XVI

## DES RETROUVAILLES

Il m'arrive souvent de rêver. Lorsqu'on mène une existence à grand spectacle, comme la mienne, c'est presque nécessaire. Un rêve, pour moi, c'est une soupape de sûreté.

Donc, je suis dans un avion. Et cet avion ronronne comme tous les avions en vol. Mais, soudain, la porte de l'oiseau s'ouvre, un gars me prend par les pieds et me jette dans le vide sans qu'il me soit possible de réagir.

Vache de blague ! Je fonce dans le vide comme un verre de vin blanc dans le gosier d'un ivrogne. Puis, soudain, je suis arrêté par le bras. Au passage, j'ai eu le temps de saisir une courroie qui pendait hors de l'appareil.

Je m'éveille et réalise la situation. Comme je fais un peu de température, because le coup de téléphone sur mon crâne, j'ai eu un saut de carpe qui m'a projeté hors du divan. Et mon bras reste suspendu par la menotte fixée au lampadaire.

Quant au moteur d'avion, il est merveilleusement imité par Dick, lequel ne s'est pas fait enlever les végétations et ronfle comme un bienheureux.

Je me remets sur mon pieu. Mais, pour la chose du sommeil, je suis chouravé. Maintenant, je vais me tortiller sur le duvet sans parvenir à en écraser.

Le mieux que j'aie à maquiller, c'est encore de gamberger à la situation. Je suis pris dans cette histoire comme un rat dans un piège. Pour s'en sortir, faut avoir de sérieuses accointances avec le petit Bon Dieu.

Maresco a l'impression que je peux découvrir le coupable. Il se carre le doigt dans l'œil jusqu'au gros côlon. L'affaire des stups, c'était pas marle à entraver à cause du clergyman qui ne passait pas inaperçu. Mais l'assassin, lui, ne s'est pas déguisé en lancier du Bengale pour bousiller les porteuses de noir. Pour le démasquer, il faudrait que je sois au parfum des us et coutumes de ce bon Chicago, que je connaisse au moins la langue à fond, que j'aie les mains libres et du pèze pour arroser les muets.

Non, je n'arriverai à rien. Si je n'arrive à rien, Maresco me fera distribuer des jetons de calibre 45, et si j'arrive à quelque chose, ce sera du même tabac, parce qu'au point où en sont les choses, il ne peut pas laisser papillonner à travers l'univers un flic au courant de ses combines clandestines. Donc, la seule chose qu'il me reste à faire, c'est de tout plaquer et de garer mon lard.

Déjà, ça, c'est coton. Si j'arrive à fausser compagnie aux deux armoires qui m'escortent, je connaîtrai les transes d'un outlaw. Toute la meute galopera après mon pétrousquin et ce sera un drôle de cri dans la région, moi, je vous l'annonce sur papier timbré !

Pourtant, les idées, c'est comme les pelotons de ficelle : à force de les tripoter, on finit par les choper par le bon bout.

« A toi de jouer, bonhomme ! » me dis-je.

Je commence à prêter l'oreille. Le Dick, maintenant, s'en donne comme une escadrille. C'est un vrai meeting à lui tout seul. Et faut croire qu'il a le sommeil aussi épais que son intelligence, car il ne m'a pas entendu tomber du page.

Je biche doucettement le lampadaire. C'est une tige de bois. Elle se dévisse en son milieu. Je me mets donc à la dévisser. Bientôt, l'objet est en deux morceaux, seulement reliés par le fil électrique passant à l'intérieur.

Du moment que le lampadaire est éteint, c'est que le jus n'y est pas. Vous êtes d'accord ? Je saisis un cendrier de verre posé sur la tablette du divan.

Je le tortille dans ma couverture et je le casse. Ça se passe sans bruit. Je chope le plus gros tesson de verre et je l'utilise comme une lame pour trancher le fil électrique. J'y parviens très aisément. Lentement, je fais remonter la boucle de la menotte et je la dégage.

Dick ronfle toujours.

Je retiens ma respiration pour ne pas perdre le moindre bruit. Je me glisse hors du divan et je rampe sur la carpette dans la direction du dormeur.

Le jeu consiste simplement à le neutraliser sans éveiller le copain qui occupe la chambre voisine dont la porte de communication est ouverte.

Heureusement, une enseigne lumineuse filtre à travers le store. Elle tombe juste sur la face du costaud.

Je me mets droit devant lui. Je prends bien mon temps, comme font les forts à bras de village qui veulent enregistrer leur force sur les punching-ball à cadran.

Je serre mon poing droit, je bande mes muscles ; je me cale bien sur mes jambes, de profil, et puis, vlan !

Parole, c'est le plus beau taquet de ma vie. J'en ai balancé des chouettes, mais une livre avec os de cette ampleur, le grand Sugar n'en a jamais dépêché de semblable !

Mon poing explose sur la tempe de Dick. Il ne pousse pas un cri. Son ronflement déraille et s'achève pas un ridicule reniflement. Il part en avant et je le redresse d'un coup de genou sous le menton. Comme ça, il a le bon poids et ne peut écrire une lettre de râlage à la direction… Groggy, qu'il est, le biscoteux. Quand il se réveillera, dans une demi-journée, il aura l'impression d'avoir reçu l'Everest sur le coin de la figure. Une confiture de marron pareille, ça vous change les idées pour un bout de temps !

Et tout ça s'est déroulé sans bruit. Enfin, avec le minimum !

Je masse de ma main gauche mes phalanges endolories, puis, lorsque je parviens à refaire jouer mes articulations, je fouille les vagues du mec pour récupérer la clé des poucettes.

Elle est dans la poche de son gilet. Je libère mon poignet. Ouf ! je me sens un autre homme. Rien de tel que l'action pour vous tonifier un zouave !

Pendant que j'en suis à le vaguer, je chauffe son morlingue et son artillerie. Le portefeuille contient quelques centaines de dollars, ce qui suffit pour le moment.

Bon, maintenant, s'agit de liquider l'autre tordu et de retrouver mes fringues.

Je passe dans la chambre voisine à pas de loup.

Mais l'autre a dû percevoir quelque chose, car il se retourne dans son page.

Il baragouine quelque chose en anglais, d'une voix pâteuse. Puis il donne la lumière. Il a l'air ahuri en m'apercevant. Je ne lui laisse pas le temps de se demander de quelle couleur était le cheval blanc d'Henri IV. D'un bond, je suis sur lui. Je le chope par la gargane tandis que lui fouille sous son oreiller pour y attraper sa machine à effeuiller les extraits de naissance.

Un drôle d'oiseau !

Ce qu'il pense de moi, il ne veut pas me le dire avec des fleurs !

« Fais vite, bonhomme ! me supplié-je, ou alors tu vas écoper d'une praline où tu mets la main lorsque tu reçois ta feuille d'impôts ! »

Et je fais vite. Je serre son cou avec une rage folle. Je sens craquer des machins cartilagineux sous mes doigts. Le gnace glousse et devient mou.

Je porte ma main sur sa poitrine : son battant s'est arrêté. J'ai un peu forcé sur la manette des gaz. Il a avalé son extrait de naissance alors que je voulais seulement le maîtriser.

Cette fois, je suis dans le jus de boudin jusqu'aux sourcils, les potes.

C'est du peu avant le gros coup de tataouine ! Lorsque Maresco va savoir que je lui ai démoli ses zèbres, il voudra avoir la peau de mes valseuses pour s'en faire faire une couverture chauffante ! Il va me coller les flics au dargeot. Et, cette fois, ils fonceront de bon cœur, les perdreaux, car ils savent que je ne suis pas un caïd, que je ne bouffe pas avec le gouverneur et qu'en fait de millions, je n'ai que le bonjour de chez moi à leur donner.

Je me fringue à la vitesse d'un illusionniste, j'empoche le feu de Dick, son blé, le blé récolté sur Jo. Et me voilà parti dans les couloirs de l'hôtel. Il est près de quatre heures du mat'. Le jour commence à rôdailler.

*
* *

Je sors du palace sans avoir éveillé l'attention. Je me remue la rondelle. Il s'agit de faire vinaigre pour prendre les dispositions qui s'imposent.

Je me souviens avoir vu un bureau de poste ouvert la nuit. A force de tourner au volant de mon baquet, je finis par tomber dessus. Je m'y précipite.

A un gnace du guichet « telegraph », j'explique que je veux envoyer un message urgent en France. Il me tend le formulaire. Mais, réflexion faite, je me dis qu'on en trouvera la trace et je réclame une carte-lettre à poster par avion.

J'écris hâtivement à mon chef pour le mettre au parfum de ce qui est arrivé. Je lui résume en dix lignes la situation en l'affranchissant sur les activités de Maresco. Je lui demande de faire fissa pour intervenir auprès des autorités américaines.

Je poste la bafouille. Il l'aura après-demain. Il s'agit de pouvoir tenir jusque-là.

*
* *

Halsted St… C'est là.

Je repère l'immeuble et je poursuis ma route. Je trouve un parc à voitures, un peu plus loin. Il est peu garni. J'abandonne ma tire et je reviens jusqu'à la carrée de Cecilia. Cette gosse est ma planche de salut. Je ne vois qu'elle qui puisse me planquer le temps nécessaire.

J'appuie sur un bouton de sonnette. Un long moment s'écoule. Comme je m'apprête à appuyer de nouveau, sa voix brumeuse résonne dans l'appareil acoustique.

— Qu'est-ce que c'est ?

— C'est moi, dis-je, San-Antonio.

Elle a une exclamation et enclenche le système d'ouverture de la porte principale. Je ne fais qu'un bond jusqu'à la cage d'ascenseur.

Elle est là, sur le palier, devant son bouclard. Elle est dévêtue d'une robe de chambre en tulle bleu bordée de velours blanc. Avec des fringues aussi vaporeuses, une jeune fille nubile serait sûre et certaine de perdre son berlingue dans la minute qui suivrait les présentations avec bibi !

— *My love !* gazouille-t-elle en se collant contre moi, tu n'es donc pas parti ?

— Comme tu vois-turabras, dis-je non sans finesse. J'ai eu la nostalgie de ton corps d'albâtre.

Vite, je repousse la lourde.

— Tu faisais dodo, chérie ?

— Oui, je rêvais de *you*.

— Eh bien ! tes rêves vont prendre de la consistance, si j'ose ainsi m'exprimer !

Nous passons dans la chambre où le lit défait, tout chaud, tout parfumé, me tend pour ainsi dire les draps.

— Ecoute, souris jolie, accepterais-tu de me cacher ici pendant quarante-huit heures ? Je me suis mis Maresco à dos et ça va barder pour mon matricule dans un futur tout ce qu'il y a d'immédiat.

— Qu'est-il arrivate ?

— Ce serait trop long, je t'expliquerai cela plus tard. Puis-je compter sur toi, oui ou non ? *That is the question !* comme disait Breffort.

— Mais, bien sûr, tu le peux, mon grand fou !

— Vrai, tu me cacheras ?

— Je te cacherai !

— Même…

— Même ?

— Même de la police ? Figure-toi que j'ai eu

une explication orageuse avec un des tueurs de Maresco. Elle s'est mal terminée… pour lui !

— Je te cacherais du diable, s'il le fallait !

— Je ne t'en demande pas tant !

Elle envoie promener sa robe de chambre arachnéenne. S'il me restait un centimètre cube d'air dans les éponges, je sifflerais d'admiration.

Un corps comme le sien, vous n'en avez jamais vu. A côté d'elle, notre B.B. est juste bonne à écosser des petits pois.

Ah ! mes enfants !

Des jambes longues, fines, bien proportionnées, nerveuses, racées comme celles d'une pouliche de course. Un ventre plat sur lequel vous avez envie de battre la charge. Des seins qui regardent orgueilleusement en l'air… Bref, un digest de Folies-Bergère à faire damner un saint.

Elle me regarde en souriant.

Elle s'avance sur moi. Ses cheveux courts, ébouriffés par le dodo, lui font une coiffure d'archange.

J'allonge les bras… Je la cueille comme une brassée de bonheur.

Je la renverse sur le pucier.

Et alors, en moins de temps qu'il n'en faut à un huissier pour mettre une saisie-arrêt sur les appointements d'un prolo qui n'a pas fini de cigler les traites de sa télé, j'oublie ma situation critique, j'oublie Chicago, Maresco, ses boy-scouts.

J'oublie tout ce qui n'est pas ce corps affolant !

Ne comptez pas que je vous donne davantage de détails, vos bourgeoises ne sauraient plus ce qui leur arrive !

## CHAPITRE XVII

## ENQUÊTE AU TÉLÉPHONE

Je suis soûl d'amour lorsque j'ouvre un store languissant. Il fait bon… il fait jour.

C'est bath d'être zoné dans la chaleur lorsqu'on a un gros coup de fatigue, lorsqu'il fait jour et qu'on n'a pas besoin de se lever.

J'entends un petit air de radio, suave comme une patte de chat. J'ouvre mes châsses en grand. La pièce est toute blonde de soleil.

Ah ! ce qu'il fait bon vivre ! Au milieu de la lumière, Cecilia évolue, gracieuse comme une fée. Elle porte une jupe de flanelle grise, un chemisier ocre et son maquillage est neuf.

Elle tient à la main un plateau supportant un bol de café fumant, des toasts beurrés et un pot de confiture.

Justement, j'ai la dent.

— Vous êtes bien reposé ? demande-t-elle.

— C'est rien de le dire, mon âme…

Je la chope par la taille. Je suis tout prêt à remettre le couvert, mais elle me repousse.

— Il faut que j'aille à mon bureau.

— Eh bien, soyez sage. S'il y a du nouveau, vous me téléphonez ?

— Oui.

— Ecoutez, je ne répondrai au téléphone que si je suis certain que c'est vous. Pour cela, appelez-moi deux fois. Une première, vous raccrocherez dès que vous entendrez votre sonnerie d'ici, vous compterez dix secondes et vous referez le numéro. Compris ?

— Compris !

Un beau patin pour mariage pauvre et me voilà seulâbre dans la strasse.

Je baisse l'amplificateur du poste jusqu'à n'avoir qu'un murmure imperceptible du dehors. Je chope un paquet de gitanes et je commence à le réduire en cendres en me laissant bercer par l'orchestre de chambre.

Après tout, je ne peux rien faire d'autre. Il y a des moments dans cette garce de vie où il faut savoir faire abstraction de tout ce qui vous entoure.

Tout à coup, je repense à mon petit copain, le Belge errant : Robert Dauwel.

Le pauvre môme doit se cailler le raisin à m'attendre. Comme il me paraît dégourdoche, il voudra retrouver ma trace, il se lancera dans l'aventure avec la fougue d'un jeune clébard et ça bardera pour sa praline si jamais il tombe dans l'espace vital de Maresco.

Il faut absolument que je le prévienne.

Je me rappelle que l'hôtel où nous étions descendus s'appelait *The Spanish.* Et qu'il y avait des tableaux espagnols plein les murs du hall.

Je fouinasse dans l'appartement de ma cocotte pour dégauchir un annuaire. Je finis par en engourdir un qui lui sert de petit banc sans doute, car il est posé par terre à la cuisine. Elle doit mettre ses pinceaux dessus lorsqu'elle tourne une mayonnaise. Je le feuillette. *The Spanish Hôtel,* c'est écrit en caractère gras, ce qui est normal pour un établissement qui se veut espagnol.

Je compose le numéro sur le cadran et un portier polyglotte répond à mon coup de grelot.

— Je voudrais parler à M. Robert Dauwel ! dis-je.

— Tout dé souité !

Un crachotement prometteur. La voix traînante, éveillée pourtant, du petit globe-trotter me parvient.

— C'est toi, Christophe Colomb ? fais-je.

— Enfin ! s'écrie-t-il. Commissaire !

— Chut ! Ecoute, bonhomme, les choses ont mal tourné cette nuit. Je suis obligé de me déguiser en homme invisible ! Justement, j'ai trouvé une panoplie complète chez un costumier de mes aminches, alors je te le dis pour que tu ne te tracasses pas pour ma cerise. Si j'ai un conseil à te donner, c'est de continuer ton voyage sans perdre une minute. Je ne t'ai pas refilé les mille dollars, mais, heureusement, je t'ai versé des arrhes substantielles. Tu devras t'en contenter, mon pauvre gros, car ces vaches m'ont sucré tout ce qui me restait.

— Vous tracassez pas pour ça, dit-il vivement. Vous m'avez donné six cents dollars, c'est beaucoup trop. Voulez-vous que je vous les rende ?

— Tu débloques, môme !

— Mais si vous n'en avez plus !

— J'en trouverai, t'occupe pas !

— Vrai, vous n'avez plus besoin de moi ?

— Mais non…

— Vous n'êtes pas en danger, au moins ?

— Mais non, mon gars.

— Voulez-vous un coup de main ?

— Pas besoin.

— Vrai ?

— Tu es obstiné comme un mouche à miel !

— C'est que je sens que ça ne va pas pour vous. Je ne voudrais pas vous laisser comme ça. On ne peut pas au moins se dire au revoir ?

— Non.

— Où êtes-vous ?

— T'occupe pas.

— Dites donc, vous avez lu les journaux ?

— Non, fais-je, intéressé. Pourquoi, il est question de moi ?

— Pas de vous, du tueur. Il a bousillé une nouvelle fille.

Je croasse :

— Quoi ?

— Vous n'avez pas vu le journal ?

— Et même, si j'en avais un, tout ce que je pourrais faire, c'est envelopper des œufs avec, tu sais bien que…

— C'est vrai, vous ne savez pas lire.

— Pas lire l'anglais, rectifié-je, car je n'aime pas qu'on défigure trop mon standing… Eh bien ! qu'est-ce qu'il dit, le baveux ?

— Que *Le Français* a frappé pour la neuvième fois.

— Une fille de boîte ?

— Oui.

— Comment ?

— Un coup de pétard, du 7,65 mm. Et, pour la première fois, l'une de ces filles est tuée par une balle de fabrication française, ce qui renforce la thèse des policiers comme quoi il s'agit d'un criminel de votre pays.

— Voyez-vous ! Tu as le journal sous la pogne ?

— J'étais en train de le lire lorsque vous m'avez sonné.

— On ne parle pas de l'assassinat d'un certain Seruti ?

— Attendez.

Je perçois des froissements de papelards.

— Si, dit-il au bout d'un instant, c'est dans les faits divers… Le directeur d'une boîte ? Une boîte appelée le *Cyro's* ?

— Tout juste. Qu'est-ce qu'on dit ?

— Que l'homme est mort en nettoyant un revolver.

— Parfait.

Je vois que Grane a été correct.

— Bon, merci. Finis bien ton voyage, petit gars. Et à un de ces quatre, dans notre vieille Europe !

Je raccroche.

Je retourne à mon paquet de gitanes. Je recommence à fumer. La radio joue *La vie en rose.*

Tu parles.

Ici, ça serait plutôt la vie en rouge.

Je bondis au bignou et je passe un nouveau coup de grelot à Robert. Je l'ai juste comme il payait sa note à la réception.

— Dis, bonhomme, c'est encore moi. C'est au sujet de la fille descendue. Avait-elle le classique petit papier à la main ?

— Mais oui, je vous l'ai dit.

— J'entends, un papier écrit à la main ?

— Oui, il était écrit à la main. Et c'est la même écriture que les autres.

— *Ça va, ciao !*

Cette fois, je raccroche pour de bon.

Donc c'est bien le tueur qui a bigorné la neuvième fille, la huitième pour son palmarès, puisque celle d'avant l'a été par Seruti.

Et il l'a bigornée au moyen d'un pétard crachant des pastilles françaises. Marrant... Calibre 7,65, re-marrant !

J'ai de quoi réfléchir. Mais va te faire voir : la sonnerie du bignou retentit, très brève. Elle s'arrête. Ce doit être Cecilia. Oui, dix secondes ne se sont pas écoulées qu'elle reprend, insistante.

J'attends un peu, elle continue. Alors, je décroche. C'est ma souris.

— Tony ? murmure-t-elle.

— Oui, mon cœur...

— Dites, Tony chéri, il y a du nouveau. J'ai été obligé de dire à Grane que vous étiez chez moi. Il est d'accord pour vous sauver la mise une fois de plus, mais il faut faire vite. Il va vous chercher en voiture pour vous conduire en sûreté.

— Qu'y a-t-il de nouveau ?

— Je ne puis vous expliquer cela ici, c'est très

grave ; il vous expliquera en cours de route. Je vous annonce sa visite simplement pour que vous lui ouvriez la porte. A tout à l'heure, Tony !

Elle raccroche. Je raccroche.

Je n'aime pas les « choses nouvelles ». Surtout lorsque c'est un flic comme Grane qui vient vous les annoncer. Cette gourde n'a pas pu tenir sa langue. Les souris, même celles qui godent pour vous, vous vendent mille fois avec leur machine à babiller.

Je tourne en rond dans la piaule. Puis, au mépris de toute prudence, je vais me mettre à la fenêtre.

Tout en jetant de fréquents coups de roberts en bas, je compulse l'annuaire. Il ne me faut pas longtemps pour trouver ce que je cherche : le numéro de tube du consulat de France.

Fiévreusement, je fais le numéro.

— Allô ! dit une voix.

— Allô ! dis-je. Passez-moi le consul, c'est urgent. Ici, police française !

— Mais…

— Au trot, ça presse !

— C'est de la part de qui ?

— Je vous dis, police française.

— Un instant…

Ça doit jaspiner dans le téléphone intérieur du

consulat. Enfin, une voix d'homme, une voix française, murmure :

— J'écoute.

— Vous êtes le consul de France ?

— Parfaitement.

— Ici, commissaire spécial San-Antonio. J'ai été envoyé ici en mission par les Services secrets français et j'ai besoin de votre assistance.

Tandis que je parle, je vois stopper en bas une voiture de la police. Trois hommes en descendent, parmi lesquels je distingue aisément Grane. Les deux autres sont en uniforme. Ils tiennent quelque chose sous leur bras et ce quelque chose ressemble davantage à une Sten qu'à un parapluie. Drôle d'ustensile pour aller expliquer quelque chose à quelqu'un.

— Ça urge ! dis-je. Il faut que vous veniez immédiatement à l'adresse que je vais vous indiquer. Prenez la voiture officielle. C'est une question de vie ou de mort.

Je lui file l'adresse de Cecilia et je prends congé rapidos lorsqu'il m'a donné l'assurance qu'il s'annonçait illico.

Le c… de tout ça, c'est que je suis à loilpé. Je ne peux pas me tirer dans cette tenue.

Vite, je saute dans mon bénard, dans ma chemise. J'enfile mes targettes, ma veste.

Je me précipite à la porte.

Trop tard ! J'entends stopper l'ascenseur.

Un triple bruit de pas résonne sur le sol du couloir.

Un coup de sonnette… Le silence s'établit.

## CHAPITRE XVIII

## A LA SERINGUE !

J'ouvre la porte de la cuisine qui est juste à côté de celle de la porte d'entrée.

La voix de Grane retentit :

— San-Antonio ! C'est moi, Grane. Vous êtes là ?

« Vas-y, bonhomme, me dis-je, ça se passera bien si tu es à la hauteur. »

Je chipe une écumoire à long manche.

— Oui, dis-je, en prenant bien soin de rester dans la cuisine. Oui, je suis là.

— Ouvrez vite !

Je tapote la porte avec l'écumoire, toujours depuis la cuisine.

— Que voulez-vous ? demandé-je.

— Ouvrez !

— Pas sans savoir ce que vous me voulez.

Je continue à frotter la porte d'entrée avec l'ustensile pour faire croire que je me tiens tout contre.

Il y a un silence. Et, soudain, je souris en constatant que mon vieux flair est toujours de première qualité.

Une fameuse seringuée secoue la porte. Un essaim de balles pénètre dans le vestibule et va secouer une potiche pseudo-chinoise qui trônait sur une console. La console aussi est chouravée. Aucune importance, elle était aussi tartouze que la potiche !

Je pousse un cri terrible. Puis, je me mets à geindre.

Ça parlemente derrière la lourde. Puis une nouvelle giclée décarre, mais celle-ci est destinée à la serrure. Il y a bientôt un trou comme mon poing à la place de cette dernière.

Les flics poussent la lourde.

Ils s'attendent à trouver mon cadavre sur le tapis.

Je ne leur laisse pas le temps de revenir de leur stupeur. Vite fait sur le gaz, je farcis le mec à la Sten. Il bloque une valda dans la bouche. Celle-là, il n'est pas près de l'avaler. Il lâche son moulin à café et reste debout, l'air éperdument gland. A se demander s'il est vivant ou non.

Je fonce dans le tas sans attendre, car je viens de réaliser que Grane et son autre acolyte n'ont pas d'arme au poing. Je les bouscule sauvagement. Un coup de saton dans les valseuses de l'autre flic et il appelle sa mère à la rescousse. Je me retrouve nez à nez avec Grane. Il porte la main à son holster.

— Touche pas ça, fumier ! je dis. Tu vas y passer et ça me fera un plaisir fou. Ah ! tu m'as bien eu, avec tes manigances.

Je lève mon pétard, mais je me ravise.

Au lieu de lui tirer dans le battant, je lui tire dans une flûte. La canne brisée, il tombe. Un coup de pompe dans le portrait et me voilà libre pour quelques secondes.

Tout ça s'est déroulé en moins d'une minute. Je suis déjà dans l'ascenseur au moment où le branle-bas commence dans le building.

Vous dites que j'ai de la pulpe de pamplemousse dans les biscotos, les mecs ?

Cet ascenseur va vite, mais pas aussi vite que je le souhaite. Mon rêve, à l'instant même, ce serait un tapis volant avec tout le confort. Seulement, nous ne sommes pas en Orient !

Enfin, voici le hall. Je le traverse en galopant.

Voici le grand air !

Et voici, tournant la rue, une vache Delahaye munie d'un macaron. Je bondis. Un type d'une quarantaine d'années, assez corpulent, un peu chauve, esquisse un mouvement de parade.

— Ayez pas peur, dis-je. Je suis le commissaire

San-Antonio. Vous arrivez à point, comme un pot d'eau fraîche près d'une bouteille de pastis !

*
* *

En somme, dis-je, une fois dans le consulat, ici, je suis en territoire français ?

— Oui.

— Câblez à Paris, ils vous donneront des instructions sur mon rapatriement. Merci pour votre aide ; sans vous, je serais truffé de plomb à l'heure présente. Je peux téléphoner ?

— Oui, bien sûr.

— Ou plutôt, non, téléphonez pour moi. Vous avez entendu parler de Maresco ?

— On ne parle que de lui, ici.

— Voulez-vous le convoquer d'urgence ?

— Le convoquer ?

— Oui. Dites-lui qu'il vienne en personne pour avoir un entretien de la plus haute importance.

— Parfait.

Ce qu'il y a de bien avec Pralot (le consul d'ici porte ce blaze), c'est qu'il est docile. Je lui demanderais de faire les pieds au mur qu'il me demanderait seulement s'il peut conserver ses gants.

*
* *

Toujours égal à lui-même, Maresco. Sobre, élégant, parfumé, sévère et cordial.

— Je voudrais vous parler seul à seul, lui dis-je.

Le consul, que j'ai affranchi, se retire. Maresco n'a pas eu un geste de surprise en m'apercevant. Il m'a salué très gentiment, avec comme de la déférence.

— Alors ? demande-t-il.

— Ecoutez, fais-je, je commence par m'excuser pour la façon dont j'ai faussé compagnie à mes anges gardiens, mais je ne peux pas travailler avec des types sur mon dos. Une enquête, c'est comme l'amour, ça se fait sans témoins.

Il sourit d'un air de dire : bagatelle !

— Ce qui importe, pour vous, lui dis-je, ce sont des résultats. Eh bien ! soyez heureux, j'ai votre tueur !

Il a un frémissement.

— Est-ce bien vrai ? dit-il très vite.

— Oui. C'est le lieutenant Grane.

— Allons donc !

— Si. Ce type doit aimer le pognon. C'est lui qui s'interpose entre les livreuses de noir et vous. Personne n'a jamais pu fournir de détail sur le tueur parce que c'est un flic. Ses coups, il les a faits en uniforme. Les filles ne lui résistaient pas et personne ne le remarquait. Pourquoi les tuait-il ? Parce que, justement, il raflait la drogue en étant en uniforme. Ce qui constituait sa sécurité constituait aussi sa perte, s'il faisait grâce aux filles. C'est un combinard. J'ai compris qu'il était combinard lorsqu'il m'a avoué m'avoir fait venir de France pour me donner en pâture à la presse. Il a tissé ça contre vous de longue date. Il ne pouvait rien d'autre que ces coups dans l'ombre, car vous êtes un monument !

« C'est lui qui a dû corrompre le mec qui vous a fauché le carnet. Un jour, il a mis accidentellement le pif dans votre affaire de stups et ça l'a intéressé comme un chien qui renifle un gigot. »

Maresco m'écoute religieusement. N'était l'éclat de ses yeux, je pourrais penser qu'il gamberge à autre chose.

— Continuez, fait-il.

— Une de vos gonzesses a été dessoudée cette noye, hein ?

— Oui.

— Elle l'a été avec un pétard français de 7,65 mm ?

— C'est vrai.

— Ce pétard est à moi. Grane me l'a échangé l'autre nuit contre le sien. Quand il a su que j'avais calté d'ici, il s'en est servi pour renforcer la légende du tueur français. Rappelez vos souvenirs, Maresco. Il a bien dû, au début de l'affaire, vous montrer les papiers écrits par vous ?

— C'est exact ! fait Maresco, frappé par une évidence.

— Ben ! voyons... De la sorte, il savait qu'on étoufferait l'affaire grâce à vous. C'est un fortiche. Vous étiez sa victime et son protecteur. Il a pour assistante une petite garce qui est plus rouée que le diable. Elle a commencé par me vamper. C'est chez elle que je suis allé me planquer, comme un crétin, au petit jour. Je me fourrais ainsi sans le savoir dans la gueule du loup.

Je lui raconte le coup de tube de Cecilia, m'annonçant l'arrivée de Grane qu'il fallait laisser entrer.

— Il venait me flinguer comme un lapin, conclus-je, car, n'étant pas parti, je pouvais témoigner au sujet du pétard échangé et le mettre un peu trop en lumière. Mais j'étais sur mes gardes et ça a raté. Par exemple, j'ai descendu un flic. Ça fait trois viandes froides à mon actif. Alors, Maresco, on va faire un marché : vous amortissez la casse pour moi, tout rentre dans l'ordre. Et vous, vous vous expliquez gentiment avec Grane. J'aurais pu le crever, tout à l'heure, mais je ne l'ai pas fait... j'ai pensé que vous aimeriez... lui parler.

— Vous avez bien fait, me complimente

Maresco. Soyez sans inquiétude pour vos petites frasques, j'arrangerai ça.

— En revanche, moi, je ne me souviens plus avoir trouvé de l'opium en cherchant un meurtrier.

Il sort son portefeuille.

— Voilà le restant de vos dix mille dollars, ainsi que vos papiers.

— Comment ! m'écrié-je, vous les avez apportés ici !

— La preuve.

— Vous pensiez me rencontrer ?

— Je ne pensais pas, je savais vous rencontrer ici. De même que je savais que vous vous débarrasseriez de Dick et Jo : c'est du reste la raison pour laquelle j'ai attaché un troisième type à vos semelles. Et lui ne vous a pas perdu de vue.

Il me tend la main.

— Le bonjour à l'Europe !

## CONCLUSION

Je pousse la porte du jardinet. Et j'aperçois Félicie, ma brave femme de mère, qui met à refroidir une crème renversée sur la fenêtre.

En me voyant, elle manque la renverser pour de bon.

— Mon petit ! s'écrie-t-elle.

Nous nous ruons l'un vers l'autre et nous nous embrassons vachement.

Elle est là, toute larmoyante, à écarquiller les yeux pour les égoutter et me regarder à son aise.

— Je savais que tu viendrais aujourd'hui, dit-elle. La preuve, j'ai fait une crème renversée et j'ai préparé des oiseaux sans tête.

— Tu sais toujours tout.

Je la prends par l'épaule.

— Dis, vieille mère, je ne t'ai rien rapporté de là-bas, sauf des dollars. On va acheter un frigo, puis on fera repeindre la salle à manger. Et aussi on changera la voiture. Non ?

Elle sourit.

— Mais oui, mon grand.

Et elle questionne :

— Ça s'est bien passé, à Chicago ?

— Merveilleusement bien.

— C'est un drôle de pays, hein ?

— Un drôle de pays, oui, m'man.

— Ce matin, je lisais dans le journal que des gangsters avaient enlevé un officier de police en traitement dans une clinique. Ils l'ont enlevé ainsi que sa secrétaire qui se trouvait à son chevet. Ils les ont arrosés d'essence et ils y ont mis le feu ! Tu ne crois pas que les journaux exagèrent ? Tu crois que c'est possible, des choses pareilles ?

Je me perds un peu dans le flou. Je renifle la crème qui fume sur la fenêtre. Je regarde la branche fleurie d'un arbre du jardin où deux merles se poursuivent pour se faire reluire.

— Penses-tu, m'man, dis-je enfin, ces affaires-là, c'est tout des charres !

FIN

Un guide de lecture inédit élaboré
par Raymond Milési

# REMONTEZ LE FLEUVE AVEC LE COMMISSAIRE SAN-ANTONIO

La première aventure du commissaire San-Antonio est parue en 1949. Peu à peu, ce personnage au punch et à la sincérité extraordinaires a pris dans le cœur des lecteurs de tous âges une place si importante qu'on peut parler à son sujet de véritable *phénomène*. Qu'il s'agisse de son exceptionnel succès dans l'édition ou de l'enthousiasme qu'il provoque, on est en droit de le situer — et de loin — au premier rang des « héros littéraires » de notre pays.

## 1. Bibliographie des aventures de San-Antonio

### A) La série

Jusqu'en 2002, la série était disponible dans une collection appelée « *San-Antonio* », abrégée en « **S-A** », **avec une numérotation qui ne tenait pas compte – pour une bonne partie – de l'ordre originel des parutions.**

La collection garde le même nom mais, à partir de 2003, **sa numérotation va respecter l'ordre chronologique.**

Dès lors, la bibliographie ci-après se consulte de la façon suivante :

- En tête apparaît le numéro « chronologique », celui qui figure sur chaque roman réimprimé *à partir de 2003.*
- Après le titre vient, entre parenthèses, la date de première publication.
- Puis est indiquée la collection d'origine (Spécial Police de 1950 à 1972 et **S-A avec l'ancienne numérotation** : reprises et originaux de 1973 à 2002).
- O.C. signale que le titre a été réédité dans les Œuvres Complètes, le numéro du tome étant précisé en chiffres romains.

■■■■■■■■■■■■■■■

1. **RÉGLEZ-LUI SON COMPTE** (1949)
(**S-A 107**) – O.C. XXIV

2. **LAISSEZ TOMBER LA FILLE** (1950)
Spécial-Police 11 – (**S-A 43**) – O.C. III

3. **LES SOURIS ONT LA PEAU TENDRE** (1951)
Spécial-Police 19 – (**S-A 44**) – O.C. II

4. **MES HOMMAGES À LA DONZELLE** (1952)
Spécial-Police 30 – (**S-A 45**) – O.C. X

5. **DU PLOMB DANS LES TRIPES** (1953)
Spécial-Police 35 – (**S-A 47**) – O.C. XII

6. **DES DRAGÉES SANS BAPTÊME** (1953)
Spécial-Police 38 – (**S-A 48**) – O.C. IV

7. **DES CLIENTES POUR LA MORGUE** (1953)
Spécial-Police 40 – (**S-A 49**) – O.C. VI

8. **DESCENDEZ-LE À LA PROCHAINE** (1953)
Spécial-Police 43 – **(S-A 50)** – O.C. VII

9. **PASSEZ-MOI LA JOCONDE** (1954)
Spécial-Police 48 – **(S-A 2)** – O.C. I

10. **SÉRÉNADE POUR UNE SOURIS DÉFUNTE** (1954)
Spécial-Police 52 – **(S-A 3)** – O.C. VIII

11. **RUE DES MACCHABÉES** (1954)
Spécial-Police 57 – **(S-A 4)** – O.C. VIII

12. **BAS LES PATTES !** (1954)
Spécial-Police 59 – **(S-A 51)** – O.C. XI

13. **DEUIL EXPRESS** (1954)
Spécial-Police 63 – **(S-A 53)** – O.C. IV

14. **J'AI BIEN L'HONNEUR DE VOUS BUTER** (1955)
Spécial-Police 67 – **(S-A 54)** – O.C. VIII

15. **C'EST MORT ET ÇA NE SAIT PAS** (1955)
Spécial-Police 71 – **(S-A 55)** – O.C. XIII

16. **MESSIEURS LES HOMMES** (1955)
Spécial-Police 76 – **(S-A 56)** – O.C. II

17. **DU MOURON À SE FAIRE** (1955)
Spécial-Police 81 – **(S-A 57)** – O.C. XV

18. **LE FIL À COUPER LE BEURRE** (1955)
Spécial-Police 85 – **(S-A 58)** – O.C. XI

19. **FAIS GAFFE À TES OS** (1956)
Spécial-Police 90 – **(S-A 59)** – O.C. III

20. **À TUE... ET À TOI** (1956)
Spécial-Police 93 – **(S-A 61)** – O.C. VI

21. **ÇA TOURNE AU VINAIGRE** (1956)
Spécial-Police 101 – **(S-A 62)** – O.C. IV

22. **LES DOIGTS DANS LE NEZ** (1956)
Spécial-Police 108 – **(S-A 63)** – O.C. VII

23. **AU SUIVANT DE CES MESSIEURS** (1957)
Spécial-Police 111 – **(S-A 65)** – O.C. IX

24. **DES GUEULES D'ENTERREMENT** (1957)
Spécial-Police 117 – **(S-A 66)** – O.C. IX

25. **LES ANGES SE FONT PLUMER** (1957)
Spécial-Police 123 – **(S-A 67)** – O.C. XII

26. **LA TOMBOLA DES VOYOUS** (1957)
Spécial-Police 129 – **(S-A 68)** – O.C. IV

27. **J'AI PEUR DES MOUCHES** (1957)
Spécial-Police 141 – **(S-A 70)** – O.C. I

28. **LE SECRET DE POLICHINELLE** (1958)
Spécial-Police 145 – **(S-A 71)** – O.C. III

29. **DU POULET AU MENU** (1958)
Spécial-Police 151 – **(S-A 72)** – O.C. V

30. **TU VAS TRINQUER, SAN-ANTONIO** (1958)
Spécial-Police 157 – **(S-A 40)** – O.C. V
(tout en pouvant se lire séparément, ces deux derniers romans constituent une même histoire en deux parties)

31. **EN LONG, EN LARGE ET EN TRAVERS** (1958)
Spécial-Police 163 – **(S-A 7)** – O.C. XIII

32. **LA VÉRITÉ EN SALADE** (1958)
Spécial-Police 173 – **(S-A 8)** – O.C. VI

33. **PRENEZ-EN DE LA GRAINE** (1959)
Spécial-Police 179 – **(S-A 73)** – O.C. II

34. **ON T'ENVERRA DU MONDE** (1959)
Spécial-Police 188 – **(S-A 74)** – O.C. VII

35. **SAN-ANTONIO MET LE PAQUET** (1959)
Spécial-Police 194 – **(S-A 76)** – O.C. IX

36. **ENTRE LA VIE ET LA MORGUE** (1959)
Spécial-Police 201 – **(S-A 77)** – O.C. IX

37. **TOUT LE PLAISIR EST POUR MOI** (1959)
Spécial-Police 207 – **(S-A 9)** – O.C. XIII

38. **DU SIROP POUR LES GUÊPES** (1960)
Spécial-Police 216 – **(S-A 5)** – O.C. II

39. **DU BRUT POUR LES BRUTES** (1960)
Spécial-Police 225 – **(S-A 15)** – O.C. IX

40. **J'SUIS COMME ÇA** (1960)
Spécial-Police 233 – **(S-A 16)** – O.C. VI

41. **SAN-ANTONIO RENVOIE LA BALLE** (1960)
Spécial-Police 238 – **(S-A 78)** – O.C. VII

42. **BERCEUSE POUR BÉRURIER** (1960)
Spécial-Police 244 – **(S-A 80)** – O.C. IV

43. **NE MANGEZ PAS LA CONSIGNE** (1961)
Spécial-Police 250 – **(S-A 81)** – O.C. XI

44. **LA FIN DES HARICOTS** (1961)
Spécial-Police 259 – **(S-A 83)** – O.C. X

45. **Y A BON, SAN-ANTONIO** (1961)
Spécial-Police 265 – **(S-A 84)** – O.C. VIII

46. **DE « A » JUSQU'À « Z »** (1961)
Spécial-Police 273 – **(S-A 86)** – O.C. XII

47. **SAN-ANTONIO CHEZ LES MAC** (1961)
Spécial-Police 281 – **(S-A 18)** – O.C. VII

48. **FLEUR DE NAVE VINAIGRETTE** (1962)
Spécial-Police 293 – **(S-A 10)** – O.C. I

49. **MÉNAGE TES MÉNINGES** (1962)
Spécial-Police 305 – **(S-A 11)** – O.C. IX

50. **LE LOUP HABILLÉ EN GRAND-MÈRE** (1962)
Spécial-Police 317 – **(S-A 12)** – O.C. X

51. **SAN-ANTONIO CHEZ LES « GONES »** (1962)
Spécial-Police 321 – **(S-A 13)** – O.C. V

52. **SAN-ANTONIO POLKA** (1963)
Spécial-Police 333 – **(S-A 19)** – O.C. V

53. **EN PEIGNANT LA GIRAFE** (1963)
Spécial-Police 343 – **(S-A 14)** – O.C. II

54. **LE COUP DU PÈRE FRANÇOIS** (1963)
Spécial-Police 358 – **(S-A 21)** – O.C. XI

55. **LE GALA DES EMPLUMÉS** (1963)
Spécial-Police 385 – **(S-A 41)** – O.C. V

56. **VOTEZ BÉRURIER** (1964)
Spécial-Police 391 – **(S-A 22)** – O.C. I

57. **BÉRURIER AU SÉRAIL** (1964)
Spécial-Police 427 – **(S-A 87)** – O.C. III

58. **LA RATE AU COURT-BOUILLON** (1965)
Spécial-Police 443 – **(S-A 88)** – O.C. I

59. **VAS-Y BÉRU** (1965)
Spécial-Police 485 – **(S-A 23)** – O.C. VIII

60. **TANGO CHINETOQUE** (1966)
Spécial-Police 511 – **(S-A 24)** – O.C. VI

61. **SALUT, MON POPE !** (1966)
Spécial-Police 523 – **(S-A 25)** – O.C. X

62. **MANGE, ET TAIS-TOI !** (1966)
Spécial-Police 565 – **(S-A 27)** – O.C. XII

63. **FAUT ÊTRE LOGIQUE** (1967)
Spécial-Police 577 – **(S-A 28)** – O.C. X

64. **Y'A DE L'ACTION !** (1967)
Spécial-Police 589 – **(S-A 29)** – O.C. XIII

65. **BÉRU CONTRE SAN-ANTONIO** (1967)
Spécial-Police 613 – **(S-A 31)** – O.C. XII

66. **L'ARCHIPEL DES MALOTRUS** (1967)
Spécial-Police 631 – **(S-A 32)** – O.C. XI

67. **ZÉRO POUR LA QUESTION** (1968)
Spécial-Police 643 – **(S-A 34)** – O.C. XIII

68. **BRAVO, DOCTEUR BÉRU** (1968)
Spécial-Police 661 – **(S-A 35)** – O.C. XIV

69. **VIVA BERTAGA** (1968)
Spécial-Police 679 – **(S-A 37)** – O.C. XIV

70. **UN ÉLÉPHANT, ÇA TROMPE** (1968)
Spécial-Police 697 – **(S-A 38)** – O.C. XIV

71. **FAUT-IL VOUS L'ENVELOPPER ?** (1969)
Spécial-Police 709 – **(S-A 39)** – O.C. XIV

72. **EN AVANT LA MOUJIK** (1969)
Spécial-Police 766 – **(S-A 89)** – O.C. XIV

73. **MA LANGUE AU CHAH** (1970)
Spécial-Police 780 – **(S-A 90)** – O.C. XV

74. **ÇA MANGE PAS DE PAIN** (1970)
Spécial-Police 829 – **(S-A 92)** – O.C. XV

75. **N'EN JETEZ PLUS !** (1971)
Spécial-Police 864 – **(S-A 93)** – O.C. XV

76. **MOI, VOUS ME CONNAISSEZ ?** (1971)
Spécial-Police 893 – **(S-A 94)** – O.C. XV

77. **EMBALLAGE CADEAU** (1972)
Spécial-Police 936 – **(S-A 96)** – O.C. XVI

78. **APPELEZ-MOI CHÉRIE** (1972)
Spécial-Police 965 – **(S-A 97)** – O.C. XVI

79. **T'ES BEAU, TU SAIS !** (1972)
Spécial-Police 980 – **(S-A 99)** – O.C. XVI

80. **ÇA NE S'INVENTE PAS** (1973)
**(S-A 1)** – O.C. XVI

81. **J'AI ESSAYÉ, ON PEUT** (1973)
**(S-A 6)** – O.C. XVII

82. **UN OS DANS LA NOCE** (1974)
(S-A 17) – O.C. XVII

83. **LES PRÉDICTIONS DE NOSTRABÉRUS** (1874)
(S-A 20) – O.C. XVII

84. **METS TON DOIGT OÙ J'AI MON DOIGT** (1974)
(S-A 26) – O.C. XVII

85. **SI, SIGNORE** (1974)
(S-A 30) – O.C. XVIII

86. **MAMAN, LES PETITS BATEAUX** (1975)
(S-A 33) – O.C. XVIII

87. **LA VIE PRIVÉE DE WALTER KLOZETT** (1975)
(S-A 36) – O.C. XVIII

88. **DIS BONJOUR À LA DAME** (1975)
(S-A 42) – O.C. XVIII

89. **CERTAINES L'AIMENT CHAUVE** (1975)
(S-A 46) – O.C. XIX

90. **CONCERTO POUR PORTE-JARRETELLES** (1976)
(S-A 52) – O.C. XIX

91. **SUCETTE BOULEVARD** (1976)
(S-A 60) – O.C. XIX

92. **REMETS TON SLIP, GONDOLIER** (1977)
(S-A 64) – O.C. XIX

93. **CHÉRIE, PASSE-MOI TES MICROBES !** (1977)
(S-A 69) – O.C. XX

94. **UNE BANANE DANS L'OREILLE** (1977)
(S-A 75) – O.C. XX

95. **HUE, DADA !** (1977)
(S-A 79) – O.C. XX

96. **VOL AU-DESSUS D'UN LIT DE COCU** (1978)
(S-A 82) – O.C. XX

97. **SI MA TANTE EN AVAIT** (1978)
**(S-A 85)** – O.C. XXI

98. **FAIS-MOI DES CHOSES** (1978)
**(S-A 91)** – O.C. XXI

99. **VIENS AVEC TON CIERGE** (1978)
**(S-A 95)** – O.C. XXI

100. **MON CULTE SUR LA COMMODE** (1979)
**(S-A 98)** – O.C. XXI

101. **TIRE-M'EN DEUX, C'EST POUR OFFRIR** (1979)
**(S-A 100)** – O.C. XXII

102. **À PRENDRE OU À LÉCHER** (1980)
**(S-A 101)** – O.C. XXII

103. **BAISE-BALL À LA BAULE** (1980)
**(S-A 102)** – O.C. XXII

104. **MEURS PAS, ON A DU MONDE** (1980)
**(S-A 103)** – O.C. XXII

105. **TARTE À LA CRÈME STORY** (1980)
**(S-A 104)** – O.C. XXIII

106. **ON LIQUIDE ET ON S'EN VA** (1981)
**(S-A 105)** – O.C. XXIII

107. **CHAMPAGNE POUR TOUT LE MONDE !** (1981)
**(S-A 106)** – O.C. XXIII

→ À partir du 108e roman ci-dessous, la numérotation affichée auparavant sur les ouvrages de la collection « *San-Antonio* » correspond à l'ordre chronologique. Le numéro actuel et le précédent sont donc identiques. Mais, pour éviter toute équivoque, nous continuons tout de même à les mentionner l'un et l'autre jusqu'au bout.

108. **LA PUTE ENCHANTÉE** (1982)
**(S-A 108)** – O.C. XXIII

109. **BOUGE TON PIED QUE JE VOIE LA MER** (1982)
**(S-A 109)** – O.C. XXIV

110. **L'ANNÉE DE LA MOULE** (1982)
**(S-A 110)** – O.C. XXIV

111. **DU BOIS DONT ON FAIT LES PIPES** (1982)
**(S-A 111)** – O.C. XXIV

112. **VA DONC M'ATTENDRE CHEZ PLUMEAU** (1983)
**(S-A 112)** – O.C. XXV

113. **MORPION CIRCUS** (1983)
**(S-A 113)** – O.C. XXV

114. **REMOUILLE-MOI LA COMPRESSE** (1983)
**(S-A 114)** – O.C. XXV

115. **SI MAMAN ME VOYAIT !** (1983)
**(S-A 115)** – O.C. XXV

116. **DES GONZESSES COMME S'IL EN PLEUVAIT** (1984)
**(S-A 116)** – O.C. XXVI

117. **LES DEUX OREILLES ET LA QUEUE** (1984)
**(S-A 117)** – O.C. XXVI

118. **PLEINS FEUX SUR LE TUTU** (1984)
**(S-A 118)** – O.C. XXVI

119. **LAISSEZ POUSSER LES ASPERGES** (1984)
**(S-A 119)** – O.C. XXVI

120. **POISON D'AVRIL ou la vie sexuelle de Lili Pute** (1985)
**(S-A 120)** – O.C. XXVII

121. **BACCHANALE CHEZ LA MÈRE TATZI** (1985)
**(S-A 121)** – O.C. XXVII

122. **DÉGUSTEZ, GOURMANDES !** (1985)
**(S-A 122)** – O.C. XXVII

123. **PLEIN LES MOUSTACHES** (1985)
**(S-A 123)** – O.C. XXVII

124. **APRÈS VOUS S'IL EN RESTE, MONSIEUR LE PRÉSIDENT** (1986)
**(S-A 124)** – O.C. XXVIII

125. **CHAUDS, LES LAPINS !** (1986)
**(S-A 125)** – O.C. XXVIII

126. **ALICE AU PAYS DES MERGUEZ** (1986)
**(S-A 126)** – O.C. XXVIII

127. **FAIS PAS DANS LE PORNO...** (1986)
**(S-A 127)** – O.C. XXVIII

128. **LA FÊTE DES PAIRES** (1986)
**(S-A 128)** – O.C. XXIX

129. **LE CASSE DE L'ONCLE TOM** (1987)
**(S-A 129)** – O.C. XXIX

130. **BONS BAISERS OÙ TU SAIS** (1987)
**(S-A 130)** – O.C. XXIX

131. **LE TROUILLOMÈTRE À ZÉRO** (1987)
**(S-A 131)** – O.C. XXIX

132. **CIRCULEZ ! Y A RIEN À VOIR** (1987)
**(S-A 132)**

133. **GALANTINE DE VOLAILLE POUR DAMES FRIVOLES** (1987)
**(S-A 133)**

134. **LES MORUES SE DESSALENT** (1988)
**(S-A 134)**

135. **ÇA BAIGNE DANS LE BÉTON** (1988)
**(S-A 135)**

136. **BAISSE LA PRESSION, TU ME LES GONFLES !** (1988)
**(S-A 136)**

137. **RENIFLE, C'EST DE LA VRAIE** (1988)
**(S-A 137)**

138. **LE CRI DU MORPION** (1989)
**(S-A 138)**

139. **PAPA, ACHÈTE-MOI UNE PUTE** (1989)
**(S-A 139)**

140. **MA CAVALE AU CANADA** (1989)
**(S-A 140)**

141. **VALSEZ, POUFFIASSES** (1989)
**(S-A 141)**

142. **TARTE AUX POILS SUR COMMANDE** (1989)
**(S-A 142)**

143. **COCOTTES-MINUTE** (1990)
**(S-A 143)**

144. **PRINCESSE PATTE-EN-L'AIR** (1990)
**(S-A 144)**

145. **AU BAL DES ROMBIÈRES** (1990)
**(S-A 145)**

146. **BUFFALO BIDE** (1991)
**(S-A 146)**

147. **BOSPHORE ET FAIS RELUIRE** (1991)
**(S-A 147)**

148. **LES COCHONS SONT LÂCHÉS** (1991)
**(S-A 148)**

149. **LE HARENG PERD SES PLUMES** (1991)
**(S-A 149)**

150. **TÊTES ET SACS DE NŒUDS** (1991)
**(S-A 150)**

151. **LE SILENCE DES HOMARDS** (1992)
**(S-A 151)**

152. **Y EN AVAIT DANS LES PÂTES** (1992)
**(S-A 152)**

153. **AL CAPOTE** (1992)
**(S-A 153)**

154. **FAITES CHAUFFER LA COLLE** (1993)
**(S-A 154)**

155. **LA MATRONE DES SLEEPINGES** (1993)
**(S-A 155)**

156. **FOIRIDON À MORBAC CITY** (1993)
**(S-A 156)**

157. **ALLEZ DONC FAIRE ÇA PLUS LOIN** (1993)
**(S-A 157)**

158. **AUX FRAIS DE LA PRINCESSE** (1993)
**(S-A 158)**

159. **SAUCE TOMATE SUR CANAPÉ** (1994)
**(S-A 159)**

160. **MESDAMES VOUS AIMEZ « ÇA »** (1994)
**(S-A 160)**

161. **MAMAN, LA DAME FAIT RIEN QU'À ME FAIRE DES CHOSES** (1994)
**(S-A 161)**

162. **LES HUÎTRES ME FONT BÂILLER** (1995)
**(S-A 162)**

163. **TURLUTE GRATOS LES JOURS FÉRIÉS** (1995)
**(S-A 163)**

164. **LES EUNUQUES NE SONT JAMAIS CHAUVES** (1996)
**(S-A 164)**

165. **LE PÉTOMANE NE RÉPOND PLUS** (1995)
**(S-A 165)**

166. **T'ASSIEDS PAS SUR LE COMPTE-GOUTTES** (1996)
**(S-A 166)**

167. **DE L'ANTIGEL DANS LE CALBUTE** (1996)
**(S-A 167)**

168. **LA QUEUE EN TROMPETTE** (1997)
**(S-A 168)**

169. **GRIMPE-LA EN DANSEUSE** (1997)
**(S-A 169)**

170. **NE SOLDEZ PAS GRAND-MÈRE, ELLE BROSSE ENCORE** (1997)
**(S-A 170)**

171. **DU SABLE DANS LA VASELINE** (1998)
**(S-A 171)**

172. **CECI EST BIEN UNE PIPE** (1999)
**(S-A 172)**

173. **TREMPE TON PAIN DANS LA SOUPE** (1999)
**(S-A 173)**

174. **LÂCHE-LE, IL TIENDRA TOUT SEUL** (1999)
**(S-A 174)**
(ces deux derniers romans sont à lire à la suite car ils constituent une seule histoire répartie en deux tomes)

175. **CÉRÉALES KILLER** (2001) – parution posthume
(original non numéroté : v. ci-dessous)

## B) Les Hors-Collection

Neuf romans, de format plus imposant que ceux de la « série », sont parus depuis 1964. Tous les originaux aux éditions FLEUVE NOIR, forts volumes cartonnés jusqu'en 1971, puis brochés. Ces ouvrages sont de véritables feux d'artifice allumés par la verve de leur auteur. L'humour atteint souvent ici son paroxysme. Bérurier y tient une place « énorme », au point d'en être parfois la vedette !

Remarque importante : outre ces neuf volumes, de nombreux autres « Hors-Collection » – originaux ou rééditions de *Frédéric Dard* – signés **San-Antonio** ont été publiés depuis 1979. Ces livres remarquables, souvent bouleversants *(Faut-il tuer les petits garçons qui ont les mains sur les hanches ?, La vieille qui marchait dans la mer, Le dragon de Cracovie...)* ne concernent pas notre policier de choc et de charme. Sont mentionnés dans les « Hors-Collection » ci-dessous uniquement les romans dans lesquels figure le *Commissaire San-Antonio !*

- **L'HISTOIRE DE FRANCE VUE PAR SAN-ANTONIO**, 1964 – réédité en 1997 sous le titre **HISTOIRE DE FRANCE**
- **LE STANDINGE SELON BÉRURIER**, 1965 – réédité en 1999 sous le titre **LE STANDINGE**
- **BÉRU ET CES DAMES**, 1967 – réédité en 2000
- **LES VACANCES DE BÉRURIER**, 1969 – réédité en 2001
- **BÉRU-BÉRU**, 1970 – réédité en 2002
- **LA SEXUALITÉ**, 1971 – réédité en 2003
- **LES CON**, 1973 – réédité en 2004
- **SI QUEUE-D'ÂNE M'ÉTAIT CONTÉ**, 1976 (aventure entièrement vécue et racontée par Bérurier) – réédité en 1998 sous le titre ***QUEUE D'ÂNE***
- **NAPOLÉON POMMIER**, 2000

→ Paru en 2001 dans un format « moyen » non numéroté, **CÉRÉALES KILLER** est bien le 175e roman de la série *San-Antonio*. Réédité en poche en 2003.

**2. Guide thématique de la série « San-Antonio »**

Les aventures de San-Antonio sont d'une telle richesse que toute tentative pour les classifier ne prêterait – au mieux – qu'à sourire si l'on devait s'en tenir là. Une mise en schéma d'une telle œuvre n'a d'intérêt que comme jalon, à dépasser d'urgence pour aller voir « sur place ». Comment rendre compte d'une explosion permanente ? Ce petit guide thématique n'est donc qu'une « approche », partielle, réductrice, observation d'une constellation par le tout petit bout de la lorgnette. San-Antonio, on ne peut le connaître qu'en le lisant, tout entier, en allant se regarder soi-même dans le miroir que nous tend cet auteur de génie, le cœur et les yeux grands ouverts.

Dans les 175 romans numérotés parus au Fleuve Noir, on peut dénombrer, en simplifiant à l'extrême, 10 types de récits différents. Bien entendu, les sujets annexes abondent ! C'est pourquoi seul a été relevé ce qu'on peut estimer comme le thème « principal » de chaque livre.

Le procédé vaut ce qu'il vaut, n'oublions pas que « simplifier c'est fausser ». Mais il permet – en gros, en très gros ! – de savoir de quoi parlent les *San-Antonio,* sur le plan « polar ». J'insiste : gardons à l'esprit que là n'est pas le plus important. *Le plus important, c'est ce qui se passe entre le lecteur et l'auteur, et qu'on ne pourra jamais classer dans telle ou telle catégorie.*

**Avertissement**

Comme il serait beaucoup trop long de reprendre tous les titres, seuls leurs *numéros* sont indiqués sous chaque rubrique. ATTENTION : ce sont les numéros de la collection « *San-Antonio* » référencée **S-A** dans la bibliographie ! En effet, les ouvrages de cette collection sont et seront encore disponibles pendant longtemps.

Néanmoins, ces numéros sont chaque fois rangés dans l'ordre chronologique des parutions, du plus ancien roman au plus récent.

**A. Aventures de Guerre, ou faisant suite à la Guerre.**

Pendant le conflit 39-45, San-Antonio est l'as des *Services Secrets.* Résistance, sabotages, chasse aux espions avec actions d'éclat. On plonge ici dans la « guerre secrète ».

→ S-A **107** (reprise du tout premier roman de 1949) • S-A **43** • S-A **44** • S-A **47**

Dans les années d'après-guerre, le commissaire poursuit un temps son activité au parfum de contre-espionnage (espions à identifier, anciens collabos, règlements de comptes, criminels de guerre, trésors de guerre). Ce thème connaît certains prolongements, bien des années plus tard.

→ S-A **45** • S-A **50** • S-A **63** • S-A **68** • S-A **78**

**B. Lutte acharnée contre anciens (ou néo-)nazis**

La Guerre n'est plus du tout le « motif » de ces aventures, même si l'enquête oppose en général San-

Antonio à d'anciens nazis, avec un fréquent *mystère à élucider.* C'est pourquoi il était plus clair d'ouvrir une nouvelle rubrique. Les ennemis ont changé d'identité et refont surface, animés de noires intentions ; à moins qu'il s'agisse de néo-nazis, tout aussi malfaisants.

→ S-A **54** • S-A **58** • S-A **59** • S-A **38** • S-A **92** • S-A **93** • S-A **42** • S-A **123** • S-A **151**

**C. San-Antonio opposé à de dangereux trafiquants**

Le plus souvent en mission à l'étranger, San-Antonio risque sa vie pour venir à bout d'individus ou réseaux qui s'enrichissent dans le trafic de la drogue, des armes, des diamants… Les aventures démarrent pour une autre raison puis le trafic est découvert et San-Antonio se lance dans la bagarre.

→ S-A **3** • S-A **65** • S-A **67** • S-A **18** • S-A **14** • S-A **110** • S-A **159**

**D. San-Antonio contre Sociétés Secrètes : un homme traqué !**

De puissantes organisations ne reculent devant rien pour conquérir pouvoir et richesse : *Mafia* (affrontée par ailleurs de manière « secondaire ») ou *sociétés secrètes* asiatiques. Elles feront de notre héros un homme traqué, seul contre tous. Il ne s'en sortira qu'en déployant des trésors d'ingéniosité et de courage.

→ S-A **51** • S-A **138** • S-A **144** • S-A **160** • S-A **170** • S-A **171** • S-A **172** • S-A **173**

Certains réseaux internationaux visent moins le profit que le chaos universel. San-Antonio doit alors défier lors d'aventures échevelées des groupes *terroristes* qui cherchent à dominer le monde. Frissons garantis !

→ S-A **34** • S-A **85** • S-A **103** • S-A **108**

**E. Aventures *personnelles* : épreuves physiques et morales**

Meurtri dans sa chair et ses sentiments, San-Antonio doit *s'arracher à des pièges mortels.* Sa « personne » – sa famille, ses amis – est ici directement visée par des individus pervers et obstinés. Jeté aux enfers, il remonte la pente et nous partageons ses tourments. C'est sans doute la raison pour laquelle plusieurs de ces romans prennent rang de *chefs-d'œuvre.* Bien souvent, le lecteur en sort laminé par les émotions éprouvées, ayant tout vécu de l'intérieur !

→ S-A **61** • S-A **70** • S-A **86** • S-A **27** • S-A **97** • S-A **36** • S-A **111** • S-A **122** • S-A **131** • S-A **132** • S-A **139** • S-A **140** • S-A **174** • **175**

**F. À la poursuite de voleurs ou de meurtriers**

Pour autant, on peut rarement parler de polars « classiques ». Ce sont clairement des *enquêtes,* mais à la manière (forte) de San-Antonio !

**• Enquêtes « centrées » sur le vol ou l'escroquerie**

Les meurtres n'y manquent pas, mais l'affaire tourne toujours autour d'un vol (parfois chantage, ou fausse monnaie...). Peu à peu, l'étau se resserre autour des malfaiteurs, que San-Antonio, aux méthodes « risquées », finit par ramener dans ses filets grâce à son cerveau, ses poings et ses adjoints.

→ S-A **2** • S-A **62** • S-A **73** • S-A **80** • S-A **10** • S-A **25** • S-A **90** • S-A **113** • S-A **149**

• **Enquêtes « centrées » sur le meurtre**

À l'inverse, ces aventures ont le meurtre pour fil conducteur. San-Antonio doit démêler l'écheveau et mettre la main sur le coupable, en échappant bien des fois à la mort. Vol et chantage sont encore d'actualité, mais au second plan.

→ S-A **55** • S-A **8** • S-A **76** • S-A **9** • S-A **5** • S-A **81** • S-A **83** • S-A **84** • S-A **41** • S-A **22** • S-A **23** • S-A **28** • S-A **35** • S-A **94** • S-A **17** • S-A **26** • S-A **60** • S-A **100** • S-A **116** • S-A **127** • S-A **128** • S-A **129** • S-A **133** • S-A **135** • S-A **137** • S-A **143** • S-A **145** • S-A **152** • S-A **161** • S-A **163**

• (Variante) **Vols ou meurtres *dans le cadre d'une même famille***

→ S-A **4** • S-A **7** • S-A **74** • S-A **46** • S-A **91** • S-A **114** • S-A **141** • S-A **148** • S-A **154** • S-A **165**

**G. Affaires d'enlèvements**

Double but à cette *poursuite impitoyable* : retrouver les ravisseurs et préserver les victimes !

→ S-A **56** (porté à l'écran sous le titre *Sale temps pour les mouches*) • S-A **16** • S-A **13** • S-A **19** • S-A **39** • S-A **52** • S-A **118** • S-A **125** • S-A **126** • S-A **136** • S-A **158**

**H. Attentats ou complots contre hauts personnages**

Chaque récit tourne autour d'un attentat – visant souvent la sécurité d'un état – que San-Antonio doit à tout prix empêcher, à moins qu'il n'ait pour mission de… l'organiser au service de la France !

→ • S-A **48** • S-A **77** • S-A **11** • S-A **21** • S-A **88** • S-A **96** • S-A **33** • S-A **95** • S-A **98** • S-A **102** • S-A **106** • S-A **109** • S-A **120** • S-A **124** • S-A **130**

**I. Une aiguille dans une botte de foin !**

À partir d'indices minuscules, San-Antonio doit *mettre la main sur un individu, une invention, un document* d'un intérêt capital. Chien de chasse infatigable, héroïque, il ira parfois au bout du monde pour dénicher sa proie.

→ S-A **49** • S-A **53** • S-A **57** • S-A **66** • S-A **71** • S-A **72** • S-A **40** • S-A **15** • S-A **12** • S-A **87** • S-A **24** • S-A **29** • S-A **31** • S-A **37** • S-A **89** • S-A **20** • S-A **30** • S-A **69** • S-A **75** • S-A **79** • S-A **82** • S-A **101** • S-A **104** • S-A **105** • S-A **112** • S-A **115** • S-A **117** • S-A **119** • S-A **121** • S-A **134** • S-A **142** • S-A **146** • S-A **147** • S-A **150** • S-A **153** • S-A **156** • S-A **157** • S-A **164** • S-A **166** • S-A **167**

**J. Aventures aux thèmes entremêlés**

Quelques récits n'ont pris place – en priorité du moins – dans aucune des rubriques précédentes. Pour ceux-là, le choix aurait été artificiel car aucun des motifs ne se détache du lot : ils s'ajoutent ou s'insèrent l'un dans l'autre. La caractéristique est donc ici *l'accumulation des thèmes.*

→ S-A **32** • S-A **99** • S-A **1** • S-A **6** • S-A **64** • S-A **155** • S-A **162** • S-A **168** • S-A **169**

## SANS OUBLIER...

Voilà donc répartis en thèmes simplistes *tous* les ouvrages de la série. Mais les préférences de chacun sont multiples. Plus d'un lecteur choisira de s'embarquer dans un « San-Antonio » pour des raisons fort éloignées de la thématique du polar. Encore heureux ! On dépassera alors le point de vue du spécialiste, pour ranger de nombreux titres sous des bannières différentes. Avec un regard de plus en plus coloré par l'affection.

**Note**

Contrairement à ce qui précède, certains numéros vont apparaître ici à plusieurs reprises. C'est normal : on peut tout à la fois éclater de rire, pleurer, s'émerveiller, frissonner, s'émouvoir… dans un même *San-Antonio !*

• ***Incursions soudaines dans le fantastique***

Au cours de certaines affaires, on bascule tout à coup dans une ambiance mystérieuse, avec irruption du « fantastique ». San-Antonio se heurte à des faits *étranges :* sorcellerie, paranormal, envoûtement…

→ S-A **28** • S-A **20** • S-A **129** • S-A **135** • S-A **139** • S-A **140** • S-A **152** • S-A **172** • S-A **174**

• ***Inventions redoutables et matériaux extraordinaires***

Dans plusieurs romans, le recours à un attirail futuriste entraîne une irruption soudaine de la *science-fiction.* Il arrive même qu'il serve de motif au récit. Voici un échantillon de ces découvertes fabuleuses pour lesquelles on s'entretue :

*Objectif fractal (un grain de beauté photographié par satellite !), réduction d'un homme à 25 cm, armée tenue en réserve par cryogénisation, échangeur de personnalité, modificateur de climats, neutraliseur de volonté, lunettes de télépathie, forteresse scientifique édifiée sous la Méditerranée, fragment d'une météorite transformant la matière en glace, appareil à ôter la mémoire, microprocesseur réactivant des cerveaux morts, et j'en passe… !*

→ S-A **57** • S-A **12** • S-A **41** • S-A **23** • S-A **34** • S-A **35** • S-A **37** • S-A **89** • S-A **17** • S-A **20** • S-A **30** • S-A **64** • S-A **69** • S-A **75** • S-A **105** • S-A **123** • S-A **129** • S-A **146**

• ***Savants fous et terrifiantes expériences humaines***

→ S-A **30** • S-A **52** • S-A **116** • S-A **127** • S-A **163**

• ***Romans « charnière »***

Sont ainsi désignés les romans où apparaît pour la première fois un nouveau personnage, qui prend définitivement place aux côtés de San-Antonio.

S-A **43** : Félicie (sa mère), *en 1950.*
S-A **45** : Le Vieux (Achille), *en 1952.*
S-A **49** : Bérurier, *en 1953.*
S-A **53** : Pinaud, *en 1954.*
S-A **66** : Berthe (première apparition physique), *en 1957.*
S-A **37** : Marie-Marie, *en 1968.*
S-A **94** : Toinet (ou Antoine, le fils adoptif de San-Antonio), *en 1971.*
S-A **128** : Jérémie Blanc, *en 1986.*
S-A **168** : Salami, en *1997.*
S-A **173** : Antoinette (fille de San-Antonio et Marie-Marie), en *1999.*

Mathias, le technicien rouquin, est apparu peu à peu, sous d'autres noms.

• ***Bérurier et Pinaud superstars !***

Le Gros, l'Inénarrable, Béru ! est sans conteste le plus brillant « second » du commissaire San-Antonio. Présent dans la majorité des romans, il y déploie souvent une activité débordante. Sans se hisser au même niveau, le doux et subtil Pinaud tient aussi une place de choix…

· *participation* importante *de Bérurier*
→ S-A **18** • S-A **10** • S-A **11** • S-A **14** • S-A **22** • S-A **88** • S-A **23** • S-A **24** • S-A **27** • S-A **28** • S-A **32** • S-A **34** • S-A **37** • S-A **89** • S-A **90** • S-A **93** • S-A **97** •

S-A **1** • S-A **20** • S-A **30** • S-A **33** • S-A **46** • S-A **52** • S-A **75** • S-A **101** • S-A **104** • S-A **109** • S-A **116** • S-A **126** • S-A **145** • S-A **163** • S-A **166**

N'oublions pas les « Hors-Collection », avec notamment *Queue d'âne* où Bérurier est seul présent de bout en bout !

· *participation* importante *de Bérurier* et *Pinaud* → S-A **12** • S-A **87** • S-A **25** • S-A **35** • S-A **96** • S-A **105** • S-A **111** • S-A **148** (fait exceptionnel : San-Antonio ne figure pas dans ce roman !) • S-A **156**

• ***Marie-Marie, de l'enfant espiègle à la femme mûre***

Dès son apparition, Marie-Marie a conquis les lecteurs. La fillette malicieuse, la « Musaraigne » éblouissante de *Viva Bertaga* qui devient femme au fil des romans est intervenue dans plusieurs aventures de San-Antonio.

· *Fillette espiègle et débrouillarde :*
→ S-A **37** • S-A **38** • S-A **39** • S-A **92** • S-A **99**

· *Adolescente indépendante et pleine de charme :*
→ S-A **60** • S-A **69** • S-A **85**

· *Belle jeune femme, intelligente et profonde :*
Il ne s'agit parfois que d'apparitions intermittentes.
→ S-A **103** • S-A **111** • S-A **119** • S-A **120** • S-A **131** (où Marie-Marie devient veuve !) • S-A **139** • S-A **140** • S-A **152**

· *Femme mûre, mère d'Antoinette (fille de San-Antonio) :*
→ S-A **173** • S-A **174** • **175**

• ***Le rire***

Passé la première trentaine de romans (et encore !), le *rire* a sa place dans toutes les aventures de San-Antonio, si l'humour, lui, est *partout,* y compris au cœur de la colère, de l'amour et de la dérision. Mais plusieurs aventures atteignent au délire et nous transportent vraiment d'hilarité par endroits. Dans cette catégorie décapante, on conseillera vivement :

→ S-A **10** • S-A **14** • S-A **87** • S-A **88** • S-A **23** • S-A **25** • S-A **2** • S-A **35**

Y ajouter, là encore, tous les « Hors-Collection ». Qui n'a pas lu *Le Standinge, Béru-Béru* ou *Les vacances de Bérurier* n'a pas encore exploité son capital rire. Des romans souverains contre la morosité, qui devraient être remboursés par la Sécurité Sociale !

• ***Grandes épopées planétaires***

San-Antonio – le plus souvent accompagné de Bérurier – nous entraîne aux quatre coins de la planète dans des aventures épiques et « colossales ». Humour, périls mortels, action, rebondissements.

→ S-A **10** • S-A **87** • S-A **88** • S-A **24** • S-A **37** • S-A **89**

• ***Les « inoubliables »***

Je rangerais sous ce titre quelques romans-choc (dont certains ont déjà été cités plusieurs fois, notamment dans les épopées ci-dessus). On tient là des *chefs-d'œuvre,* où l'émotion du lecteur est à son comble. Bien sûr, c'est subjectif, mais quel autre critère adopter pour ce qui relève du coup de cœur ? Lisez-les : vous serez vite convaincus !

→ S-A **61** • S-A **70** • S-A **83** • S-A **10** • S-A **87** • S-A **88** • S-A **24** • S-A **25** • S-A **37** • S-A **111** • S-A **132** • S-A **140**

## POUR FINIR...

Il ne me reste plus qu'à souhaiter à tous ceux qui découvrent les aventures de San-Antonio (comme je les envie !) des voyages colorés, passionnants, émouvants, trépidants, surprenants, pathétiques, burlesques, magiques, étranges, inattendus ; des séjours enfiévrés ; des rencontres mémorables ; des confidences où l'intime se mêle à l'épopée.

Quant aux autres, ils savent déjà tout ça, n'est-ce pas ?

Ce qui ne les empêche pas de revisiter à tout instant la série *San-Antonio,* monument de la littérature d'évasion, pour toujours inscrit à notre patrimoine.

*Raymond Milési*

Correspondance entre l'ancienne numérotation de la collection « San-Antonio » et la nouvelle numérotation chronologique *portée sur chaque roman réimprimé à partir de 2003.*

| **S-A** | **→** | ***chrono*** |
|---|---|---|
| **S-A 1** | **→** | ***80*** |
| **S-A 2** | **→** | ***9*** |
| **S-A 3** | **→** | ***10*** |
| **S-A 4** | **→** | ***11*** |
| **S-A 5** | **→** | ***38*** |
| **S-A 6** | **→** | ***81*** |
| **S-A 7** | **→** | ***31*** |
| **S-A 8** | **→** | ***32*** |
| **S-A 9** | **→** | ***37*** |
| **S-A 10** | **→** | ***48*** |
| **S-A 11** | **→** | ***49*** |
| **S-A 12** | **→** | ***50*** |
| **S-A 13** | **→** | ***51*** |
| **S-A 14** | **→** | ***53*** |
| **S-A 15** | **→** | ***39*** |
| **S-A 16** | **→** | ***40*** |
| **S-A 17** | **→** | ***82*** |
| **S-A 18** | **→** | ***47*** |
| **S-A 19** | **→** | ***52*** |
| **S-A 20** | **→** | ***83*** |
| **S-A 21** | **→** | ***54*** |
| **S-A 22** | **→** | ***56*** |
| **S-A 23** | **→** | ***59*** |
| **S-A 24** | **→** | ***60*** |
| **S-A 25** | **→** | ***61*** |
| **S-A 26** | **→** | ***84*** |
| **S-A 27** | **→** | ***62*** |
| **S-A 28** | **→** | ***63*** |
| **S-A 29** | **→** | ***64*** |
| **S-A 30** | **→** | ***85*** |
| **S-A 31** | **→** | ***65*** |
| **S-A 32** | **→** | ***66*** |
| **S-A 33** | **→** | ***86*** |
| **S-A 34** | **→** | ***67*** |
| **S-A 35** | **→** | ***68*** |
| **S-A 36** | **→** | ***87*** |
| **S-A 37** | **→** | ***69*** |
| **S-A 38** | **→** | ***70*** |
| **S-A 39** | **→** | ***71*** |
| **S-A 40** | **→** | ***30*** |
| **S-A 41** | **→** | ***55*** |
| **S-A 42** | **→** | ***88*** |
| **S-A 43** | **→** | ***2*** |
| **S-A 44** | **→** | ***3*** |
| **S-A 45** | **→** | ***4*** |
| **S-A 46** | **→** | ***89*** |
| **S-A 47** | **→** | ***5*** |
| **S-A 48** | **→** | ***6*** |
| **S-A 49** | **→** | ***7*** |
| **S-A 50** | **→** | ***8*** |
| **S-A 51** | **→** | ***12*** |
| **S-A 52** | **→** | ***90*** |
| **S-A 53** | **→** | ***13*** |
| **S-A 54** | **→** | ***14*** |
| **S-A 55** | **→** | ***15*** |
| **S-A 56** | **→** | ***16*** |

**S-A 57 →** ***17***
**S-A 58 →** ***18***
**S-A 59 →** ***19***
**S-A 60 →** ***91***
**S-A 61 →** ***20***
**S-A 62 →** ***21***
**S-A 63 →** ***22***
**S-A 64 →** ***92***
**S-A 65 →** ***23***
**S-A 66 →** ***24***
**S-A 67 →** ***25***
**S-A 68 →** ***26***
**S-A 69 →** ***93***
**S-A 70 →** ***27***
**S-A 71 →** ***28***
**S-A 72 →** ***29***
**S-A 73 →** ***33***
**S-A 74 →** ***34***
**S-A 75 →** ***94***
**S-A 76 →** ***35***
**S-A 77 →** ***36***
**S-A 78 →** ***41***
**S-A 79 →** ***95***
**S-A 80 →** ***42***
**S-A 81 →** ***43***
**S-A 82 →** ***96***
**S-A 83 →** ***44***
**S-A 84 →** ***45***
**S-A 85 →** ***97***
**S-A 86 →** ***46***
**S-A 87 →** ***57***
**S-A 88 →** ***58***
**S-A 89 →** ***72***
**S-A 90 →** ***73***
**S-A 91 →** ***98***
**S-A 92 →** ***74***
**S-A 93 →** ***75***
**S-A 94 →** ***76***
**S-A 95 →** ***99***
**S-A 96 →** ***77***
**S-A 97 →** ***78***
**S-A 98 →** ***100***
**S-A 99 →** ***79***
**S-A 100 →** ***101***
**S-A 101 →** ***102***
**S-A 102 →** ***103***
**S-A 103 →** ***104***
**S-A 104 →** ***105***
**S-A 105 →** ***106***
**S-A 106 →** ***107***
**S-A 107 →** ***1***

À partir du n° **108**, les numéros de la collection « **S-A** » coïncident exactement avec les numéros ***chronologiques***.

*R. Milési*

Fleuve Noir
- Téléchargez des premiers chapitres
- Soyez au courant des dernières parutions
- Retrouvez toute l'actualité des auteurs
- Détendez-vous avec les jeux-concours
Restez à la page sur
www.fleuvenoir.fr

*Achevé d'imprimer sur les presses de*

**BUSSIÈRE**

GROUPE CPI

*à Saint-Amand-Montrond (Cher)*
*en novembre 2008*

FLEUVE NOIR
12, avenue d'Italie
75627 Paris Cedex 13

— N° d'imp. : 81600. —
Dépôt légal : décembre 2008.

*Imprimé en France*